主编童小汐近照

童小汐画作《冰湖》

童小汐画作《苍翠》

童小汐画作《雾迷山居》

童小汐画作临许大寿《画龙点睛》

童小汐画作《虎虎生威》

童小汐画作《古松》

童小汐画作《淡然》

童小汐画作《竹林》

童小汐草书 录李白《将进酒》

童小汐行书临帖

中峰和上老師侍者萬子趙孟頫再拜 謹封

孟頫和南再拜

中峰和上老師侍者孟頫頓首：俗塵中每蒙尊者不棄時賜開導惟以老病不能常往親聆謦欬愧負深矣中峰老師唯深狀下山中嘗念老病不堪

孟侍者前蒙惠葇甚濟所之窘

為道珍重

童小汐临赵孟頫帖

是日也天朗氣清惠風和暢仰觀宇
宙之大俯察品類之盛所以遊目騁懷
足以極視聽之娛信可樂也

辛丑年冬十月
童小汐勤臨

童小汐臨王羲之《兰亭集序》

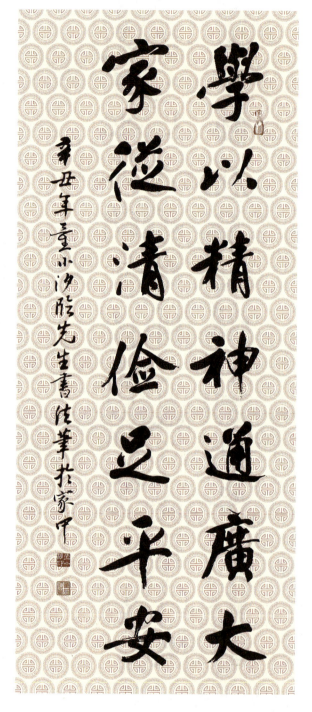

學以精神道廣大
家從清儉足平安

辛丑年童小汐臨船先生書法筆於家中

童小汐临先生书法

辛丑年秋童小汐临先生笔法

童小汐临先生草书

四時俱可喜氣好新
秋時柴門傍野水鄰
叟閒相期

接來更整雅之意
錦陵游有適小汐

童小汐楷书　录陆游《逍遥诗》

青海湖文丛·诗歌卷

诗酒趁年华

中华实力派诗人作品精选

童小汐 主编

沈阳出版发行集团

沈阳出版社

图书在版编目（CIP）数据

诗酒趁年华：中华实力派诗人作品精选 / 童小汐主
编 . -- 沈阳：沈阳出版社，2025. 3. --（青海湖文丛
）. -- ISBN 978-7-5716-4772-8

Ⅰ．I227

中国国家版本馆 CIP 数据核字第 2025MB9722 号

出版发行：沈阳出版发行集团 | 沈阳出版社
（地址：沈阳市沈河区南翰林路 10 号　邮编：110011）
网　　址：http://www.sycbs.com
印　　刷：北京文昌阁彩色印刷有限责任公司
幅面尺寸：170mm×240mm
印　　张：20
字　　数：350 千字
出版时间：2025 年 3 月第 1 版
印刷时间：2025 年 3 月第 1 次印刷
责任编辑：杨　静　李　娜
封面设计：95 装帧设计
内文插图：童小汐
版式设计：刘龄蔓
责任校对：高玉君
责任监印：杨　旭

书　　号：ISBN 978-7-5716-4772-8
定　　价：99.00 元

联系电话：024-24112447　024-62564953
E－mail：sy24112447@163.com

《青海湖文丛·诗歌卷》编委会

主　编：童小汐

副主编：贾慧玲

编　委：张姝涵

　　　　张素素

　　　　胡　萍

　　　　诗　凝

　　　　盈　子

山西海西音乐文化艺术研究院　　联合

 策划

中华优秀传统文化的一片绿叶
——《诗酒趁年华》代序

文／北野

　　《诗酒趁年华》是一部值得一读的诗集，一部分是现代诗，另一部分是格律或古风诗词。在两部分内容中，我选读了一些作品，有一定的可读性，缘由是我感到这些作品都具有原味性，在文字叙述上没有刻意"炫技"的加持，也没有故意卖弄"巧思"的痕迹，娓娓叙写间，透出情感的真挚，足能感受到诗人们写作态度的真诚，读之温舒而惬意。

　　总体来说，这部诗集中大多数诗不乏精品，犹有抒情和诗意性。借此序，我简单列举一些作品。这些诗作归结下来有五个特征：朦胧唯美、薄中见厚、平中见奇、托物寄意、微不失真。

　　先说作品的"朦胧唯美"。在诗歌艺术手法的表现中，朦胧表现在修辞手法上，可称为艺术手法上的唯美；若表现在意境上，则可称为意境的唯美；或表现在艺术手法上，叫艺术手法的朦胧。比如童小汐的"鸟声啼出一天晴，斜阳分得连江暮""花落红残脂粉腻，半江斜日摇山水"，钟云健的"春心尘海酒中吟，踏遍青山花不遇"，以及刘国梁的"风过草庐更劲吹，朝花最怕一斜晖"等等，此为境界上的朦胧唯美。再比如现代诗作品，童小汐的《又见青海湖》之二中的"其实就像我，如一只独立沙滩远眺的黑颈鹤／思念太沉，让它不由得放下双爪，又蜷起单爪"；寒冰《沙枣树下》的"布满老茧的粗糙大手与白皙如玉的秀指握在一起／共同栽种一片防风固沙的堡垒"等等，此为艺术手法上的朦胧唯美。

"薄中见厚"是《诗酒趁年华》诗集作品的显著特点。在我看来,这部诗集的一些诗歌作品丝毫不亚于大家、名家的作品。感触最深、印象最深刻的是诗都是用心写就的,薄中见厚,以小见大,于平平淡淡中见真情实意。相信诗人们都有丰富的情感和生活体验,加之素材的提炼才能得此佳作,这才让诗句具有魅力。可谓积之愈厚,发而为薄,作品读来亦愈加美妙、愈加精粹,这便是诗歌创作中"厚积薄发"的巧妙效果。

　　当然,"薄中见厚"紧随"平中见奇",这也是诗歌创作的"法门"之一。可喜的是《诗酒趁年华》中大部分诗人做到了这一点,构思新奇,语言奇妙,且皆在丰富生活积累的内容基础上,很少有人为"奇"而凭空追求"奇"。诗人重视思想性,才让作品有了感染力,从平淡无奇的生活点滴中发现新奇,这样诗人才算是一个成熟的诗人。

　　上述阐释也非否定本集诗人没有发挥诗词作品之修辞能力,反而很多诗人在写作时为更好表现事物本质,很娴熟地运用各种变形、夸张手法来突出艺术想象,大有不落窠臼、不同凡响的特点。法国诗人马拉美说:"诗永远应当是一个谜。"现代派、象征派,其诗最大特点就是,追求烦冗修辞以及浮表的象征,偶然拼凑被夸大破碎的形象。它最大的缺点是,容易陷入无节制使用空茫的意象,导致内容显得苍白和空虚。反之,倘若言之有物、有情,加上一些点题和加分的诗句,往往能够提升诗之生命力。如樱花《有多少月光搁浅在酒杯里》的"把薄凉交给石头,并允许它沉默 / 赋予宝剑锋芒,带风呼啸 / 偶尔也替游子回一趟故乡";刘冰鉴《七月重》的"不到千里之外 / 怎彻底清空胃里的淤泥 / 不与沙漠亲密联姻 / 骆驼怎肯固守绿洲";詹坚兴《心灵之光》的"针线,穿梭起岁月的温暖 / 指血被印成衣领的花样 / 希望,隐含于无声处 / 目光停留在窗外的远方";诗凝《采撷》的"经不住烈日的曝晒,牡丹枝头的菁葵 / 渐渐裂开了口子,像一张憨笑的嘴";锁树坤《看海》的"生命中所有的束缚 / 被海洋的温柔宽衣解带 / 心情随海鸟一起翱翔 / 轻松 自由";等等,诗人就是要把所描写的对象,用艺术的凹凸镜放大或者缩小,就是为了强调和发掘现象的本质特征,以使形象表现鲜明突出。除此之外,诗人们还懂得写诗时适度节制。诗,饱含诗人的体温和感情,其中有诗人独特的感受,否则对读者而言很难产生共鸣。用情深否不是耳提面命式的指点,更不是干巴巴的说教,譬如"我激动得要死啊""我爱死了你啊"这种诗句是不大可能成为艺术品的。诗,贵在含蓄,在激动和爱的同时,应该给人留有思索的空间和余地。

　　"托物寄意"是《诗酒趁年华》中诗人们用得最多的写作表现手段。诗人咏物寄意，使作品含蓄隽永，耐人寻味。诗人在某种情况下不便直言明说，只能婉转道出，是一种隐藏"本体"的暗喻，虽言在此，而意于彼，暗示颇有深意。

《诗酒趁年华》中大部分诗人是充满温情且又脆弱和敏感的。他们表达热情、美好和善意，都想把自己的心坦荡地展现在读者面前，这种精神气质难能可贵，以悲悯的眼光观察世界，体察万物的爱与痛，用自己的语言向读者诠释对生命的感悟和体会。

生活并非一成不变。生活里的点点滴滴，以及我们身边的人、遇到的人、离去的人，所有事物和人物的思想感受，绝非这般简单。喜怒哀乐，千种交集，万种感慨，这些相辅相成，既矛盾又统一，这就要诗人深入挖掘，用心揣摩，表现贴切，才能产生强烈的艺术魅力。如盈子《月是故乡明》的"气候是适宜的／一路走走停停，扑面而来的／曾经，落入黄昏／抬头时，一轮月儿悄然升起"；又如王海生《守护者》的"我看见了雨／以粗犷的线条撞击大地／至于是否疼痛／我想，只有它最能知道"；等等，皆为以动衬静。

诗要有自己的性格，才是完美的。没有性格的诗，如同共有一张面孔，无动于衷地复制无法呈现艺术之美。诗人要具备"化平淡为神奇、化平凡为非凡"的能力。化平淡为神奇，使诗的形象和意象超越诗本身的意义。马克思说："人化的自然。"用于文学艺术创作亦恰如其分，自然灵动之美赋予人的灵性自然就有了生命力。写景味物不能仅限于表象，毕竟空陈形似之文字绝非上乘之作，这里就要求形似与神似俱备，已达到不似之似之效。别林斯基说："每一个典型对于读者都是熟悉的陌生人。"诗要传情，要达意，要言志，势必要创造出典型，要使形象鲜明，更要追求艺术真实，所以能达到"不似之似"之效才能显出诗的魅力。所谓不似，即是生活或事物之本实、本相、本原；而"似"则是经过艺术抛光之后的本质，此即"微不失真"。

格律诗词、古风诗词等作为中国传统文化的一部分，一直备受关注，虽然专注于这种体裁的诗人不是很多，但其中不乏佼佼者。通过部分格律诗词作品，便可发现诗词所表述的内容并不一定是诗人亲身经历的人或事物，但要有以假作真的写作能力。如巴尔扎克《人间喜剧前言》中所说，写诗要有"庄严的谎话"；如高尔基所说："你尽管撒谎，不过要撒得使我相信你！"能将生活真实变为虚构，那么虚构就能够达到艺术真实。诗是感情的产物，能让伏着的感情激荡起来，这便是诗必须有的"跳跃性"之特点，不求完全，但求一点。

诗歌有长有短，表现内容深广之间存在一定的矛盾，但优秀的诗人能够轻松化解这样的矛盾。他们为了表达某种观点，聪明地采取"神龙见首不见尾"的办法，游刃有余地解决了在有限的篇幅中寻求无限空间的问题，获得更宽更广更深的意蕴。如童小汐《满江红·上元节感怀》的"早晚弄妆奁，泪断眉睫。与尔相邀明镜里，千城不隔同乘月。"一个镜头，一幅画面，就勾勒出一个唯美的、令人浮想联翩的诗的意境。

"刚柔相济"是《诗酒趁年华》中格律诗词、古风诗词最常见的写作手法。如李淑坚七绝《醋痴》的"浮梦九霄金马殿，西厢留醉与君同"；如台启坤七律《呼伦贝尔行吟》的"谁移碧海到高原，草色扶摇上九天"，等等，给人一种娴静而柔美的审美感受，与"大漠孤烟直，长河落日圆"这样跃动、刚健、雄浑的意境形成鲜明的对比，尤为婉约。与前者不同，后者气势磅礴，场面宏阔，富有阳刚之气，这就是优美和壮美两者各异的审美境界，于现实生活中，看似对立，其实统一。读者读到壮美之诗句，总有一种莫名的抗拒感，因心境受到巨大震动而产生压抑之感，最终被震撼，因而备感鼓舞，甚至振发之感油然而生。反之，读到优美之诗句，会有一种心静如水之感，舒畅惬意，亦难得之养心。所以说，刚柔并济其实符合普遍的审美心理，这样的诗词称得上好诗词了。

当然，诗词中的起承转合，实质上是诗词句在布局中疏密得当的表现，这种形式上的把握，可使诗词读起来极具层次感，富有音乐的律动和美感。诗词贵在状物造形，须多着墨处多着墨，甚至精雕细琢，该淡化处只寥寥数字带过。如童小汐《金错刀·围炉读书有怀思》的"霜条影，对高云，寒芽初发似微醺。毡炉煮酒花边饮，明月摇枝更照人。风乱卷，雪交纷，窗前轻翠一盆新。根须不解凌冬苦，未识其中别有春。"前半阕是用淡远疏调的意笔，铺陈背景，表达寒冬中的春意，令人备感温暖，心底萌生希望；后半阕则用细密浓丽的文笔，清晰地表达了心中所望，根须在土壤中，未经受凌冬之寒苦，但其实并不晓得寒苦之中暗藏生机。

写格律诗词一定要惜墨如金，废话一句也不要写，要写必要达到点"字"成金之效，要做到"淡妆浓抹总相宜"，那便是极好的诗词了。

最后希望《诗酒趁年华》作为中华优秀传统文化的一片绿叶，为繁荣和传承传统文化增光添色，此亦为我心中长久之渴愿。

是为序。

2024 年 12 月 27 日于青海

目　录

辑一　现代诗

童小汐

童小汐，女，2003 年 11 月出生于辽宁沈阳。2017 年跟随著名作家北野先生学习中国传统文化以及文学创作。现任海西文学网、《青海湖诗刊》总编辑。

又见青海湖（组诗）

一

我的先生是一位年轻智者
他说青海湖不但很蓝，而且很深
深过一世浮梦
还跨过一条龙的腰际

三年前的晚秋
先生和我，捧一坛青稞酒
将酒水汇入蓝色湖水
将往昔说不出口的话
和着响彻晴空鱼鸥的尖叫
漂向遥远记忆的水岸

看破浪而去的游艇
船儿如飞梭竞走，浪打浪的水面
咸风拖着珠玉穿越众生的惊呼

如今，日子老成长长的胡须
磨砺岁月，青龙的春光已经不在
水族成长的孩子有了自己的龙鳞
一片不拔，一片不挠，一片不屈

未曾惧怕过焦渴的日头，只要他们游历
只要他们愿意，随时能呼风唤雨

今日故地重游，再次与青海湖亲切握手
湖水漫过天际
鱼群紧贴水鸟的影子游过蓝天
棉花垛成云墙在天空整齐排列
如天龙挥舞银须俯瞰金秋
那松软柔美的样子
就像讲述哈尔盖镇恬适的生活

现实中总有些不规则
暖色记忆被风月撕裂
生命习惯在春天降生
又在进入初夏时抵达巅峰
就如青海湖，如平常的岁月
如湖边被小浪推来墨绿色的水藻
漂浮在长夜短梦渐渐生出波纹

二

好久不见了呀，姐妹们
她们擅长给季节把脉，随着水草迁徙
大部分住在刚察和海晏的水边
大家都好吧？日子过得舒坦吗
我的问候很腼腆，但情意很深，很深，深如青海湖
其实就像我，如一只独立沙滩远眺的黑颈鹤
思念太沉，让它不由得放下双爪，又蜷起单爪

站在青海湖边一眼望去，便能了然生死
所以有什么伤感的

广袤是胸怀，深蓝是智慧，世间除了舍与得
还有什么比放下更有禅意

我依旧在记忆的风中翩翩往复
如湖水，也如水鸟
心事如密集的鳞皱搁置在凌晨的枕头上
潜伏于心底的波澜此时如潮起潮落
鱼贯而出，涌入夜阑多情的肺泡
只有明月仍在窥视幽密的梦境
她沿着断断续续的故事攀附
在暗黑的甬道，在失眠的星光中
在旷野中游走，在好动的眸子里
却无法靠近残夜的出口
我听到凉风吹起湖水，波涛试图挣脱
逃离过去成为另一个自己
我希望你们也能成为另一个自己
遗忘所有的痛苦，将欢喜画到眉宇间

三

凝望窗外，十月就那样站在眼前
阳光、金妆、黄格子、花衬衫
恰恰合适、美滋滋的样子
沿着秋的长廊，和你去看格桑花
花开相依，两朵相偎，一团簇拥
多瓣的爱情，枝枝叶叶都在暗地里

当波光粼粼，日子就横卧在湖面
格桑花将会盛开一朵新的念想
纤弱的青枝剪开黄昏的分割线
所有的心语被晚风轻轻吹散

此时，想要说的话都没了边界

夕阳撕裂暮云，镶金的毛边很多刺
心生痛觉，居然和久别一样陌生
当流浪失去脚印之后，思念如雁行
孤影单飞，斜向滑翔，体会暮光的余味
地平线瘦成细长的影子
心也驰飞啊，顶着一丝丝风吹
穿过大地染渲几卷诗画
满怀幻想，如此温柔地伸展慈悲
心念像最美的舞姿，涟漪里充满想象
惯看流年飞逝，愁有几许
何堪天涯只有序幕

青海湖有剪碎的月光，如散落的记忆
对空闺妆镜，镜面是湖面
平静的水擦亮一张抑郁的脸
只要有风经过，它就不知不觉笑起来
她永远那么温柔，随时拥抱天空
滋养新的春天，而我在镜前拥抱自己的灵魂

浸满月光的青海湖，藏着数不清的秘密
犹如我们的日子被困在湖心的鸟岛
南来北往的倦鸟，都将停泊在这里
而这里，还有无法脱口的关于你的过去
我接受任何流言蜚语，只为适应庸人的日常

你看，残秋悄无声息地经过我
像茫茫渺渺的湖水，把时光定格在每个梦境
青海湖缓缓流向未知，最冷的夜晚渐近
我依然端坐妆台，微蹙双眉，等一个苏醒的春天

关于秋天的一个梦（组诗）

一

梦很绵长，彼世桂亭画栏，西池花舒
彼世人很美，只是越来越健忘
我一直提醒，我们还爱着，以及不知所谓地活着
彼世人有多美，春色凝玉，露滴娇容淡愁沁烟
有人爱，有人爱。有人爱男女老少和岁岁年年
而我只爱你，我在陌生的国度，而你不在身旁
于是我记住时间滑行每一寸皱褶
彼世对野兽猛禽最温柔，人们被暗夜之光爱抚

彼世人对缘业是爱也是恨，它总伤人
但始终坚韧穿梭于人们的指间，透析每个自己
或成为一片硕大叶子遮住雨
或成为一罐粟米撑起一个家
或接住每一颗坠落的火石以及猎人的袭击

彼世有一个女人娇貌柔媚，冰姿窈窕
她高挑，高大，她钟爱对岸的荨麻
她用新筘梳理头发，侧卧玄溪边享受不系之浮光
钗钏拈指之间，炫彩把长桥染炼成红色与白色
只为每个生灵度过夜晚与漫长的冬天
让他们默默地交汇融化，适应这里的生活

彼世每阵风都凉丝丝、冷幽幽
那个女人看上去情绪压抑，她轻点步伐
在殇曲的反复纤绕里激荡涟漪，震动纠缠一起
那些包裹着石块儿和污泥的心
也随着三声脆亮的鸡叫声将隐喻传回大地

他们很美，只是越来越健忘
他们不知道我的名字，但他们表现出似曾相识
他们告诉我生命只是一道长长的光
只要有光，每一个灵魂一定都在那里

二

我不知不觉间听到有人呼唤你的名字
我沓沓回忆你出世的所在，在光的暗示里
彼世有万物慢慢咀嚼夜的声音，迷离渺茫
黄泉的水，奈何桥头的东月，有一片唤作投生的初梦
已清恬迥超三生三世，遐悠且古香的烟尘，蒙罩眼底
映入立体的村庄，逆向的情景，对立的城堡
一个湿漉漉及和着腥味儿的黄昏
没有刺耳的叫卖声，没人讲述可怕的故事
没有凶恶、阴险、狡诈的大灰狼，没有战争
和平是日课，只是一个题目，它连接着彼世的艰苦

梦境在这里无限放大，引我游历
粉色地毡，彩色森林，没有野餐
长满蒿蒿的青草地，杉木浅微的芬芳
就像世界上所有的童话，掀开奇妙的序页
清闲的白鹤，缀织天河的白浪，晃来荡去
一如吟者的别调

我隐约想起当时，彼是涂山最有权柄的农夫
三关山的孔雀，轩辕坟的狐狸
翻江倒海的大鹏，碧游宫的灵龟
见到他都逃之夭夭，遁形灭迹
我在崖边遇见你，那个欲教我十八般武艺
七十二般变化的你，叫我看图、识谱、画符、写字……

我梦里一直有温暖的光，匀匀透入心底
坐入你超现实的桌椅，沐浴你眸中的光芒
渐渐与思念的盐水飒飒抖落

三

叫我怎度这个冬天，叫我怎开出鲜艳的花
我曾在每一个夜晚祈祷，愿不负你今生所望
我曾在美丽又平凡的日常，想起你十指间的光
叫我怎斟酌、怎看顾你植于我身的理想

你相信暄暖的爱怜，温深的善良，每年每天
你牵念所有悲情的哀声，急切的渴求，无奈的眼泪
你让我心里、梦里总蓄积一缕柔软的明朗
你让我有信仰，让我将时间镌勒印记收藏……

昔日记忆像密密匝匝打不断的车阵
总有人想超车，急急地奔驰，快快地前行
在世间的每一个角落，在俗尘烟云蒙蒙间
我在枕边伸出白白净净的手，魂魄软软
等待天光缓缓垂落，我微仰头颅，等待牵引
我眼神空洞，目光在病房虚弱地游弋
我看到一条条光线盘错心头某个时节
长长曲曲地环绕，又挽我手回转德令哈老屋
犹如生命的脐带，引我回转有你的每个日子

你说我的世界漂浮着一具具数不清的死体
我们的心和手足被捆缚，不能自由地呼吸
不能自由地放飞灵魂，你说你是无用的存在
亦不能陪我走完属于我的路，日头照旧起落
月亮依然圆缺，你无法度量世间的人和事物

你俯身向腰妥协，却退出这块发炎的土地
当世人只为一餐果腹时，你已无力将梦想延续
你说你不能替我装扮青春，弱肉强食是世界定数
荣华过往终会无法喘气，你让我学会小心翼翼
我幸有你矣！有你做我的靠岸
我们共同迎接每一场风雨尔尔，等雨落了
风停了，阳光照进窗子了，你一定会转来

四

先生，这是我的时代，我的未来
若无理智地思考又怎得看见自由之光
先生，我看不见春天的影仡立于前途
到处都是我摔跤后留下的血迹
你说这是上天宽恕我的洗礼
这不是一场梦，而是天爱接载我的重量

先生，我没有需要放送的诉求
只想让上天此时听得见我的心声
以及通晓我借由压迫淬炼而成的金刚之志
我用灵魂应答切盼的救赎，期望四野花开
先生，那么我所挂碍的，能否得到你的谅解？

我的先生，我在昏迷中总听到你的祷告
成长的风暴煮开那些饱饮泪水的日子
我跨入你的梦，我想我在你身边你能看见
你久违的笑容让我变得越来越勇敢
这落雨风吹的势面真大，我知你快要转来
来，我们彼此做一个约定
把我难缠的情分就留在前行的路上
先生，接下来的路，我替你行

在暮色迷离的大柴旦镇

你是否听到秋风贪婪的尖叫声
浓雾密织的网，能否掩抑跳跃的神经
更迭的季节，思念鱼贯雁比，依序而行
等候你风尘仆仆而至，你我依旧山水相逢
经历过无数涅槃的枝丫，今日披暖色晒影
筛出霜梢纤纤，残叶光斑点点，相思纷纷
西梁子的风收割狗尾巴草，席卷荒原牛粪
冷湖镇的冬天能收获不少粪饼，炉火通红
幸福的一瞬间，使我想起冬天温暖的房梁

苏干湖张罗整个滩头，我的酸泪惹逗凝瞳
青海啊！你就是无情的花蝶呀！乱我心神
云山碧水，河堤桥墩，陌生的草木千万种
没有一件不牵扯我的柔情，就连那月
阴晴圆缺，初一十五，切割我不安的情愫

等不及了吧！馥郁的秋菊，你可有等的人
清晰可辨的丝蕊缱绻花茎，可有落寞似常从
一如被岁月凌迟的秋天，谱唱一曲离歌
我知道，你看不见血色的森林，钟情的夜莺
仅有蝉与往事对话，暮秋的汗水被吸入光阴
轮番的记忆如一座废墟，梦总是躺在异时空
懵懂地守望阿尔金山下那个没有名字的古城

那谁，你听着，在暮色迷离的大柴旦镇
我是一片凝望你行色匆匆的彩云
我是你的丫头子，我是你的"甲咪来屯"
我是紧随你行走的沙砾，我是你口中的吉谶
我是你遗弃在你的世界之外的一块玉晶
唯有我，才能让你手中的星象盘指针玄定
能让尘世的纷扰与蚊蝇的耳语全部消尽

雨落秋凉，霓虹微醺，似我微红湿润的眼睛
等你时西风又起，塔塔棱河一个踉跄扑向东
阵阵水花，像一涡酒花，像醉容
可我未醉，只是喝多了秋风，凉意恣逸翻腾
翻腾，望断苍茫丘垄，叨念一截思念寄给冬
虫鸣已唤不醒落英，咖啡杯里是我疲倦灵魂
枫叶缓坠，霜阶苔青，采摘秋色的蓝蜻蜓
凭栏梳妆的少女，梳不尽时间的流沙和逝景
先把梳落的心事和泪而出，流向一轮月灵

那谁，我仍在黄昏的时候褪去印染的唇印
从来不变的失落与绝望像清泉穿过防沙林
拢一把月光，慢慢看它如水云低过双膝
在我奏响一曲天籁之前，习惯痴念折叠环拥
直到最后一个好梦清冷我秋闺中的孤枕

曲麻莱的秋天

秋风乘蹑夕阳之路转头状掠
河流的线条，不论多久多远多曲折
且行且琢磨，为满怀希望的人跋涉
客途，浮累时忽然发觉心的轻捷
我仍是旅人，路不断涌趱前来开拓
掖进追梦的方向。水映着山荡起微波
簸动如绿色草原，森林烟溪一样清澈
野谷里的鸟儿扑腾一帘凝露，洗濯
削约老去的花草，叶脉呼吸水精熠烁

何止在曲麻莱，你以一竿脱俗钓斜阳
落蕊清香、寒叶晓霜，都撼动不了你的执着
波光如练，白浪犹有酒醉狂，风问月光
垛满一片叶子的琼珠，可是昨夜的泪河
若是心有所动，何不去梦中绽放
可我心头有云，星辰如逗点静默
蜷卧寂寥长空，梦的故事成逗点两三个
也许永无止尽的是冰凉入侵轩窗，掠过
索然无味的岁月，如梦中你的身影依约

斜阳挡不住青峰的视野，暮光盈盈若若
寂寞是更远的故乡，梦与现实交错，能否
瞥见你，一如陌上格桑花，开时开谢时谢
记忆不老，灵魂不亡，百年后又何处挥别
多少悲伤坠落，咬着夕晖飘逸的霓裳
借月光燃烧奔放的心思，穿着婉蝉的夜色
为你翩翩起舞，直到一缕朝霞初吻窗格
默默停歇。清风莫笑我，何如多情且似我

别小看曲麻莱的秋天，夜夜有明月俯瞰
看见我的乡愁，看见我的敌人祟祟恶恶
月下吹口哨的小伙儿，仰着脖子对空高喝
姑娘啊姑娘，你看见没看见——阿鹊！
请你给我发一颗信号弹，我有话和你说
月亮不说，我不说，因我心里有你蹀躞
脉脉思念沿着你的方向吟唱不老情歌

且让风霜归我，凄凉归我，寂寞归我
若你一定让我发光，抑或无声无息冥灭
我都为你准备好一切，只等待一个结果
或者，我也愿意为你而成塔尔寺一捻烛焰
或者为你而成长夜遥穹莹莹泪珠一颗
曲麻莱的秋天，请不要抛下我，离开我

徐正超

徐正超，东北人，编剧、导演、作家、诗人。代表作有电影《三枪拍案惊奇》《冷寓言》，电视剧《乡村爱情故事》，长篇小说《闯荡》。

缅怀老郑（组诗）

转给你

刷短视频
有人用火焰枪
直喷海岩上的牡蛎
开壳即食
真绝，馋人
咧嘴笑着，就要转给你
蓦然想起
二弟说 3 月 17 日或 26 日
就要把你请回苏州
入土为安

来苏州，送你

经过好多茂盛的油菜花田
看见那座山
这就是你永住的家了
听说前面便是太湖
你一定能看得见
你的左邻右舍年龄都不小
而你一直挺受长辈待见的

我想
这也蛮好吧
你的前面
住了个 1983 年的女孩儿
不知道
是不是能让你克服腼腆
二弟倾心尽力了
最爱你的朋友也都来了
其实，没什么祈求
就是眼前还放不下惦念
知足吧
你是明白人
笑过，哭过，疼过，也爽过
只是你太要强
拼丢了好些该喝茶的时间
但总归该享受的也没太糟践
梦里还能见到的
就不和你客气了
一生平安，来世为仙
好好地，该吃吃该喝喝
风轻云淡

早上，梦到你

我手中有个海胆瓤
递给你
你咬了一半
又留一半给我
说是怕胆固醇高
又忍不住馋
显然，是怕我也馋
我心里明明白白的
这是个梦，是早上
看着你
我哭得全身发抖
你说
这七百多天
一直藏在家楼上
从没离开
这玩笑开得
再藏四天，就两年了
你图啥呀？
我信以为真的时候
就醒了

在喀纳斯想你

他们说

此时
是喀纳斯最好的时节
明艳，斑斓，层林尽染
绝对是摄影师的天堂
那，你一定在呀
对吗？
我们经过牧场
鹰在盘旋
我们看见山坡上
那匹安静的花马
我们看见草场间
那顶洁白的帐房
我们看见山谷中
那片宝蓝色的湖水
又阔又远
仿佛，你的笑脸
刹那千年
你知道吗
我们来时
是经过一场雨的
在山巅
转过一道弯
便大雪纷飞了
好像
那场雨
一下子，就老了

清依

清依，本名赖丽燕，广东惠州人。中华诗词学会会员。

诗酒趁年华

远远的灯塔亮了
海上的船长指明了方向
掌舵的小汐扬帆起航
架起清流的风帆迎风破浪
船一直向前行驶
驶向世界文坛的大海
书屋阵阵飘香
弥漫了整个海洋
我们来了
同舟共济的书生
义无反顾地向往

一路汹涌的波涛
层层拍打着追梦的人生
颠簸的历程
还有什么遗憾
路在脚下
只有当局者去体验
诗在远方
成了诗酒人生
人们沉醉在
爱国的流传
年轻的方向

盈子

盈子，本名朱盈，上海人。上海市崇明区作家协会会员。作品散见于各报纸杂志。诗观：以分行的文字表述心中最真实的想法。

故乡是我的白月光（组诗）

月是故乡明

一提到故乡，甜就溢出
老屋、麦田、小巷
榆树、槐花、少年
哪怕薄瘦的土地再无金黄一片

听一听乡音
尝一尝院中的蔬菜瓜果
在清晨，听鸡鸣狗吠
看炊烟缓缓升起

气候是适宜的
一路走走停停，扑面而来的
曾经，落入黄昏
抬头时，一轮月儿悄然升起

雕琢时光

一些词，总是唯美地
咬紧岁月，旧句在慢慢褪色

我不确定，能否琢一段
时光，倾听那遗落部分的呜咽
骨子里的尖刺，与泥腿子的
本性，纠缠重叠
咬一口馒头，用咖啡润喉
再捡半个月亮，照一照身后

清晨，鸟鸣满窗

推开星星的，不只是
晨光，还有欢愉的鸟鸣声

窗帘自初春开始一直开着
错过了春，只怕再次错过了夏

我闻到了阳台上
热烈的生命的气息

与我的心跳保持同步的
只有那划过的风声

老宅

门窗已经拆除
屋顶换上了琉璃瓦
老宅，痕迹被慢慢剥离

黑猫穿梭于废弃物之间
两只小猫跟在身后
不知是否也在找寻曾经

斑驳落于昨天
墙体还原出本色
指尖经过处，发红的还有双眼

明天的明天，它将会
盛装出席，而我
已将岁月折叠，留在了瓦砾之间

花事

院中的垂梅总是伴着
春天而来。三月
一场场雨拉开花的盛事

乡村，伴着鸡鸣狗吠
醒来，随之而来的
还有袅袅炊烟
母亲在田里顺下一把菜花
清炒岁月。花事未了
一朵喇叭花，正等着在秋天吹响

麦子

六月的风和雨
都是过客

它依旧直立，向上而行
在时光中渐露锋芒

疼痛，惊醒了一只
路过的鸟儿，它窃窃自喜

似乎忘了，弯腰
才是它成熟的标志

月光，照亮了梦

温暖是一个旧词，但我
找不到能够赋予她的新词
哪怕此刻的她是清冷的

她用她的弯钩，钩住了故乡
钩出了故乡的炊烟
以及暮霭里喋喋的乡音

她用她的弯钩，钩住了墨客
钩出了文人的佳句
以及夜半疾书的身影

她自顾自地亮着，给行人以
慰藉。她是人间的温暖
是梦想常住的地方

老照片

没有时代的沧桑感
它依旧鲜活。只有
边角的微黄泛着厚重
多幸运
你们还在，友情还在
岁月只是催老了容颜

翻开的过往，落在心尖儿
杯盏之间，咀嚼沉淀
多年后再定格，我们不变

又见炊烟

眼皮有点儿重，在这个
黄昏，夕阳沉沉地

落在桂树枝头，枝上的
小红灯笼闪着光

归家人，脚步轻轻
随风而来的气息，安稳

一声乳名，盖过耳旁杂乱的
声响。几缕轻烟徐徐而上

深耕

次序被打乱，新与旧
混合。再见时恍惚

一些词被反复使用
或原始，或被赋予新的内涵

探究深处的与众不同
必须带上硬骨，以及血肉

于密集处，读出空旷
如同在翻滚着的土地上读出春天

写一笺光阴里的故事

时光里的旧诗，沉默
照亮斑驳的往事
每一缕光，都是历史的痕迹

它讲述着青涩的少年
在书页间寻找梦想的轨迹
那时的心，如同升起的朝阳

一些过往，如同烟云
却又在心底，留下深深的烙印
回首间，已是沧海桑田

那笺光阴，记载着故事
笔尖跳动，墨水淌出心事
我们的笑和泪，已深陷其中

阿青

阿青，本名冯倾青，贵州贵阳人。热爱文学，在音乐与文字间诗意栖居，泅渡沧海。作品散见于《青海湖诗刊》《青海湖诗报》。

爱过，足够

我爱过吗
我想，我未曾爱过
若是，真的爱过
为何心中
没有梦
不敢到的地方

我爱过吗
或许，我真的爱过
那年飒影牵梦魂
几番追逐，相思妙曼
辗转陌路，愁半生

原来，万丈尘寰中
恍然若梦的执着
让流沙的光阴讽刺风华烛影
誓将寒香瘦影
放生，山青水长

彼此爱过，足够
缘起缘灭，无痕
不让落寞倚云端
骤雨萎清芳
纤影濯锦，赴红尘

聆听音乐

穿越高山流水
诉说曾经的心潮澎湃
跌宕起伏中
带给精神无尽的抚慰

犹如清风白云
驱散淡淡的愁绪

不再迷茫
于灵魂深处
袅袅萦绕

犹如跨越在时间与空间里的
一束光

生命的感悟

一颗心，究竟要焐多热　　　　　　走过缘起缘落的悲欢离合
才能手执烟火，将黑暗点燃　　　　将疼痛安放在梦的最深处
山一程，水一程　　　　　　　　　用端庄的沉默
驮着生命的烦恼在风中独行　　　　治愈沧海浩荡的潮起潮落
　　　　　　　　　　　　　　　　感恩自然的旋律点缀生活的蔚蓝

努力让固执的血液爬行　　　　　　不用隐藏，思想的真挚
在凉薄的世界　　　　　　　　　　情感的波动
安静地凝视黎明的积雪　　　　　　去光阴里播种善良的种子
火一样的思想奔赴渺茫　　　　　　丰盈遍野春华秋实的快乐

滴水穿石的岁月　　　　　　　　　也许有一天，我们会像
皆是深深浅浅的脚印　　　　　　　一朵花，孤独地枯萎
蹚过即是清澈澄明　　　　　　　　依偎在太阳的怀抱
能在阡陌敞开绿色的胸襟　　　　　深蓝的天空
坦荡地包容风雨的缱绻　　　　　　一朵云向清灵的远山飘去

观·自在

微风经过窗前　　　　　　　　　　我端起心仪的茶杯
像极了一个温婉的女子　　　　　　轻呷慢饮
将飘逸的长发舞动　　　　　　　　一缕淡淡的清香弥漫

并伸出纤细的手指　　　　　　　　心中有山海，茶里无是非
轻轻扯了扯我的裙子　　　　　　　漫长午后的宁静时刻
仿佛要与我絮叨一番　　　　　　　爱坐小窗观浮云

她似乎拥有神秘的力量　　　　　　从心而觅
片刻吹散我心中的烦忧　　　　　　观，自在
体贴地留下一丝清凉　　　　　　　感受属于自己的一隅闲适

春姑娘

冷暖交织
告别无数
历经千帆

一路缄默沉静
且行且坚毅
借烟火焚尽沉疴
淡看风云摆渡流离的岁月
直至体内冰寒融化
萧瑟退场

走出一片苍白的寂寞
你，恍若往生之莲火
焚弃世间凉薄
义无反顾循光而行
自南向北，踏遍千山

所到之处充满生机与活力
盎然的心灵之花与万物共鸣
暖遍四野
繁荣是你，深藏的夙愿

于是
人间便有了春天

蔡竣杰

蔡竣杰，本名蔡黎杰。厦门市湖里区作家协会会员。作品多次在国家级刊物发表并获奖。

时光稻草人

小时候
初夏的田野绿油油的
大人们没有错过抢种的季节

稻子快长成了
人们总会在田中央
扎上一个个形态怪异的稻草人

鸟儿见到它，躲得远远的
我看到它，也会离得远远的

夜色降临
会咬稻秆的飞蛾密密麻麻
人们在田野中间
放上装水的大木盆
点燃一盏盏煤油灯

一只只飞蛾在黑暗里
不知死活地扑向灯火
木盆里外掉落不计其数的飞虫
后来才知道那叫"点灯诱蛾"

稻谷快收割了
稻草人已经吓不跑鸟儿
爷爷背着一个锯掉半截的抽水管当逐鸟器
他一边拉着我的小手，一边有节奏地边拍边走

伴随"噗噗梆梆"的响声
我们走过的地方，鸟儿飞得远远的
我的心也跟着飞得远远的

收割稻谷的季节
大人们在烈日下忙活
爷爷会用稻草在田边搭一座遮阳的小茅棚
我们躲在草垛里追逐嬉戏
学着大人玩过家家
无论是争吵还是摔跤
大人们都远远看着并不制止
随着时光流逝
田里的稻草人悄然不见
那时的大人变成耄耋老人
我也离开故乡已为人父

有一天
和儿子聊起那些稻草人的故事
像是在谈论几个世纪前的往事

静夜

没有什么是黑夜不能掩饰的
你用低沉的语调告诉我
夜里总把伤口撕裂
每到凌晨又匆匆缝上

此刻的夜空没有星光
你的眼神空洞无物
对面不远处
铁栅栏上的牵牛花
睁着大大的眼睛
死死瞪着这一切

我目光所向
远处那棵大树
盘根错节
一阵狂风刮起
枯叶在剧烈旋转

柳湖泛舟

柳湖泛舟，本名严培和。男，湖北鄂州人。曾获全国诗文类大赛二等奖。作品散见于《鄂州日报》《青海湖诗报》。《醉花间》等作品被谱曲传唱。

又见油菜花

又见油菜花
迎着煦煦东风
怒放
一抹抹金黄
绚烂成耀眼的诗行
一缕缕芬芳
溢向
云天之外

蝶儿舞，蜂儿忙
采撷几瓣编花环
戴在春姑娘的颈项
裁剪几片
给春姑娘缝一袭可爱的霓裳
有一曲美丽的乐章
叫春光
油菜花就是主唱

泊

幼小时
娘的心
泊
在我的摇篮
我笑得天真烂漫
把娘的一身疲惫吹散

求学时
娘的心
泊

在我的课桌后面
那满墙的奖状
是娘眼中最斑斓的画卷

现在呀
娘的心
泊

在我生活的古城
与孙辈视频连线
是娘乐此不疲的"消遣"

醉倒在家乡的怀抱

回望
孙权旌旗蔽日、金戈铁马
以武而昌
李白唱醉了庾楼上那抹
皎皎月光
观音阁饮千载雨雪风霜
固若金汤，依然
春风漂绿了一片片麦田
夏雨染红了一垄垄高粱
家乡父老的脸上
笑容幸福地荡漾
梁子湖飞碧浪
蟹肥鱼嬉戏菡萏怒放
泛舟踏歌的是
淳朴清秀的渔家姑娘
一碗纯手工的豆丝
抚慰多少游子的离肠
那是妈妈的味道
那就是魂牵梦绕的家乡
朋友
你眷恋地停泊
是我家乡的无上荣光
在巷口老店

请你品尝
武昌鱼、鸭脖子、腊肉炒菜薹……
道道菜肴均升腾传奇过往
对酌一觞一觞又一觞
江滩公园仿佛梦境天堂
御风
纸鸢放飞孩童们的欢笑与神往
临空大道宛如盛装的新娘
喜迎
携手漫步的翁妪、川流不息的车辆
亚细亚首屈一指的货运机场
花落我的家乡
万里任翱翔
亲爱的世界，鄂州来了
登巍巍武昌楼
瞰大江茫荡
声声汽笛回响
大桥卧彩虹
沐朝阳
我的家乡再谱锦章
鄂州
亲爱的家乡
我已然醉倒在你的怀抱

味道

花香在风中飘
还有你的笑
弥漫梦幻的味道

我卸下矜持与骄傲
扑进你的怀抱
悸动我的
每一个神经末梢

不要说
路遥遥、水迢迢
不要说
天不许归期

夜那么寂寥
什么时候你来到
携手楼顶
一轮明月当空照
我的心语
倾泻
如月光万道

鹰击长空

鹰击长空，本名杨味，字野鹤，号北山居士，湖南长沙人。爱好文学、历史、国学。湖南省宁乡市作家协会会员。作品散见于海西文学网、《青海湖诗刊》《青年文学家》。

夏天的云朵

满天云朵飘在深蓝色的天空
湖水的蓝、天空的蓝相映衬
云，流动的云
风云变幻，诡异多端
像一团团棉花飘在空中
时而簇拥着，时而又跑开
像一幅幅流动的画卷
在天空中铺展开来
像观摩一场免费的画展
我想做天空中的一朵云
飘向你在的城市

做一个陪衬品
与蓝天同入画
白云悠悠
绿水碧碧
装扮你的城市
成为城市的亮点
夏风轻轻地吹向湖面
湖水的柔波层层向远处扩散，扩散
我的心随着波浪
起起伏伏
消失在视野的尽头

蝉蜕

破壳蜕变之期
无数个黑夜的磨砺
华丽转身引吭高歌
美丽外衣下熬过了多少挫折
一朝飞上枝头
喜出望外成龙成凤
人生要经历多少次蜕变

才能展翅高飞，实现梦想
阵痛之后
是一次一次从失败走向成功
是一次一次从跌倒中爬起
是无数次从失望到希望的升华
蝉蜕是新生活的开始
蝉蜕是另一种方式的成长

蝉蜕是超越自我　　　　　　　唱响夏之韵
实现自我价值的结果　　　　　　在舞台中央歌唱未来
清风、半夜、鸣蝉　　　　　　　成为舞者之王
夏天的歌手　　　　　　　　　　成为全场的焦点

荷塘月色

今晚的月色有点儿冷清　　　　　慢慢且漫漫，荷叶下鱼儿自由撒欢儿
月光静静地倾泻　　　　　　　　跳跃起来咬着花瓣，吃得津津有味
我漫步于荷塘四周，夏风袅袅　　那个欢快劲儿令人羡慕
荷叶似一把把伞罩着　　　　　　鱼戏莲叶，鱼戏花
荷香一缕缕飘入心海　　　　　　夏天晚上消暑最好地方
天空中少有星星眨着会说话的眼睛　人来人往
蝉鸣、蛙唱好不热闹　　　　　　三五成群有说有笑
一只哈巴狗形影不离跟在身后　　荷塘一下子热闹起来
摇着蒲扇且徐行　　　　　　　　散散步，聊聊家长里短
一路哼着《荷塘月色》这首歌　　走着走着到了家门口
心情舒畅，走几步休息又走几步　推门，入内

坐看云起时

风起云涌，朵朵流云快速行进　　能浴火，能上刀山
似山似水似动物　　　　　　　　三昧真火炼就了孙悟空的火眼金睛
像一个画师涂鸦最美的画卷　　　坐看云起时
水至绝处是风景　　　　　　　　等待，风云变幻
人至绝境是重生　　　　　　　　等待，惊涛骇浪
瀑布成就水的最佳效果　　　　　等待，潮起潮落
飞流直下的壮美　　　　　　　　车到山前必有路
落九天的豪迈　　　　　　　　　向着梦的方向前行
重生如猫一样有九条命

终点

当用尽全力冲向终点
所有的痛苦化作喜悦
向幸福出发
迈向幸福的终点
人生有时要学会归零
一切从零开始
从头再来，抛去过往
终点即起点
而今迈步从头越
日升月落，朝起暮散
大自然的必然规律

绝境是柳暗花明又一村的新景
潮起潮落，大海又现于平静
生活是一团乱麻
手起刀落，斩断顺利
理还乱，越理越不清
放下，理清
向终点进发，迈过去
过坎
三十年河东，四十年河西
风水轮流转
山那边风景独好

走进七月

白色的太阳炙烤大地
脱掉鞋子光脚踩在水泥地上
烫脚，此时若打一个鸡蛋在上面
估计几分钟后能烤熟
树荫下凉风习习
若是有一个秋千在下面多好
可以坐在秋千上听音乐喝喝茶
消暑最好去处
用荷叶做顶帽子戴在头上
摘两个莲蓬品一品新鲜的莲子
往荷塘深处走躲在荷塘中不动

估计很难找到
远处一只白头翁停在荷花苞上
左顾右盼，生怕有人靠近
悠闲自在，随风左右摆动
汗流浃背，在太阳下待几分钟
满头是汗，此刻唯有水最亲
补水最为重要，特别要防暑
西瓜、冰饮那是儿童最爱
七月如火，盼清凉一夏
七月如诗，祈浪漫一夏
七月如风，愿温情一夏

勇气

破镜成圆的实力
开天辟地的能力
勇往直前的魄力
改革旗帜已铺展
冲锋号已吹响
破冰之旅已启动
平静的湖水已起波澜
我们有翻江倒海的龙王
破茧而出化蝶重生的蚕
冲破层层阻碍向阳而生
有鹰锐利的目光

射向长空腾云驾雾
直指苍穹
欲与天公试比高
上天入地，揽月捉鳖
熊心虎胆，能吞日月
哮天犬仰天长啸地动山摇
孙悟空大闹天宫天翻地覆
大喝一声
敢教日月换新天
数当代风云人物
还在我少年

暴雨临人间

天阴沉沉，黑漆漆
伸手不见五指
风发了狂，沙沙作响
树枝左右摇摆
雨倾倒，啪啪碰击地面
大山中的水顺着石板往下流
几股水注汹涌往下冲
一个高大的身影出现在视线中
衣服头发已湿透了
雨水顺着额头往下滴
那背影看了令人心痛
雨还在下，越下越大

视线已模糊
背影渐渐消失在暴雨中
江南的梅雨发了威
河满，湖满，江满
洪水吞没了田地房屋
防汛抢险如箭在弦
龙王发了飙
暴雨，大暴雨
特大暴雨临人间
惊天地，泣鬼神
雨未停，人未歇
爱在人间

谷子花

谷子花，本名李汉卿，云南屏边苗族自治县人。中国诗歌网会员，诗词文学自由创作人。在国内各网络平台及报纸杂志上发表作品近两万首。曾获全国诗颂九州大赛优秀奖，代表作有《加勒万河谷》《家乡的老屋》《来世愿做一树海棠花》《绿野仙踪》。

睡莲

悄悄地
我把夙愿露出水面
静静地
我把梦儿层层展现

不想惊起一丝波痕
不会去委以终身
只愿你
在繁劳之时仁视三分

复活

我带着世间的所有疑问
沉睡了亿万年

在一个不经意的瞬间
是你把我的梦惊醒

往事的拂尘

守望着
一个冬给予的沉默
习惯了
寒风的呼吸和悲歌

在万物凋零的季节
有一颗冻僵的心在复苏
拿起往事的拂尘
轻轻打理昨夜的星河

家乡的老屋

家乡的老屋
是一盆柏树
它承载着岁月的厚重
又蒸发着岁月的轻薄

家乡的老屋
是一粒种子
它会让回忆开花结果
又会叫往事心空枯死

家乡的老屋
是一壶汾酒
它让我欣喜若狂地笑
又致我潜然泪流地叫

家乡的老屋
是一味仙药
它能治愈游子的心病
又会让后悔的病复发

家乡的老屋
藏满了一屋故事
家乡的老屋
有多少曾经保留

家乡的老屋
闪现出年少影像
家乡的老屋
已是一院锁千秋

春燕

风雨侵蚀着岁月的棱角
我们的曾经越来越模糊
庭前的合欢树
已经老态龙钟

不知有过多少次花开花落
我迎娶了星月和朝露
在一个角落深处
等待着春燕飞过

心归自然

我把心事悄悄隐藏
从此
让爱恨没有方向
找一个
山清水秀的地方

听听鸟语闻闻花香
我已心归自然
如果你有幸经过
请不要
惊扰了我的梦乡

半池荷塘

一伞荷叶千风吻
半朵蔫莲百蝶争
人是面非妩媚时
往来亲卿不问君

晚霞燃尽了
久违的守望
半池荷塘淹没着应该发生故事
烟波袅雾牵引起无奈的思绪
颓废了那一束蹉跎的岁月

暮鼓仍未敲醒那沉默的问候
我只好轻轻收拾着
夜空里残碎的吾语星言
尽量拼凑出
下一次相逢的影景

鱼白东山后
晨钟声声
半池荷塘烟雨中
痴情怎恝负心人

普洱，请等我回来

一次初看
一世牵绊
心坚如磐
流连忘返

不想去要百花齐放
不想再争海阔天蓝
只求情有独钟
只守地久天长
你许诺过万水千山
我允应了鸟语花香
普洱

是心之向往

风雨中穿透着你的气味
山水间飘逸着你的影幻
在产生距离的分秒之前
在没有握别的心语之间
总不想
总不愿
离开你那酥艳的胸膛

普洱
请等我回来

诗凝

诗凝，本名许浩楠。银行资深运维工程师，内蒙古作家协会会员。在海西文学网诗歌赛中数次获奖。作品散见于今日头条、海西文学网、《青海湖诗刊》《青海湖诗报》。

爱上一座城

伸出一只手，折一朵小花
冬春是我的，夏秋是我的
踩出一只脚，登上摩天大楼
星星离我很近，月亮离我很近

温情的都市，有父亲的臂膀
母亲的柔肠，丰盈着你，呵护着我
从此，我与你朝夕相处，相濡以沫

万家灯火，谁不曾有过迷茫
为点亮属于自己的那盏灯
用流水线小工的汗水，激荡浑身的血液
掀不起十里春风，就专做一枚萤火
携着跃跃欲试的灵魂，极力装点夜空

彷徨在十字路口，常用光鲜的肥皂泡搓洗衣服
理想一次次被奢望吞噬
而都市却让我在无数条柏油马路驰骋
于是，我悄悄把爱植入这座城，和未来共生

采撷

经不住烈日的曝晒，牡丹枝头的蓇葖
渐渐裂开了口子，像一张憨笑的嘴

硕大的草帽下，一个美丽的身影
肘间的篮子里，装满了牡丹籽实

时光仿佛回到了春天，园里的牡丹花开了
天香国色，姹紫嫣红，宛若一个个娉婷少女

人生的花季，是最美的时候，收获
要在酷热之后，经过厉风秋霜的洗礼

建设者

对于一名久坐族，幸福很简单
起身沿着走廊来回踱步
然后透过楼窗望望云天

却看到，一顶顶黄色的螺丝帽
紧随着一只灵巧的大手，穿梭
找到既定点，将自己摁进去，又拔出来

在烈日与汗水灌注下，我看到
楼宇在拔节，希望的灯盏被点亮

就是这一群蝼蚁
将楼宇提升到山一样高度之后
又将自己委身回低处

又是一个秋天

金秋，月儿穿过云层
天上的街灯渐次点亮时
我便启程

弓起身形，铆足了劲儿
猛蹬几下
耳畔尽是呼啸的风

冥冥中，时光好像穿梭到过去
年轻的母亲

乘着风，麦浪滚滚田野
娴熟地挥舞着镰刀，收割着远方
夯实着岁岁粮仓

深秋薄凉，母亲
容颜凋零，形如薅草
我愿载母亲横穿深秋
一同走进冬日宁静，修心修身
等待下一个春暖花开

重生

我看见，子弹在飞
你穿越滚滚浓烟，捂着口鼻
向着新生，狂奔

我看见，你在不动声色中
搅动着洪荒之力
与亿万个劲敌交锋

几个昼与夜的交替
就像穿越了半个世纪
冰冷的夜，心中燃烧着火
你步履蹒跚，执剑为杖，抱紧光明
士兵啊，还不快快打开城门
奏乐、欢呼
迎接我们的英雄凯旋、回城

拨云见日

树木，在错落楼宇的掩映下
三维度颗粒将低处封锁
光都挤不进来

树冠从遮天蔽日里探出头
发现有些事物被光分了层
一些在低处酝酿，一些在高处蓬勃

雨，将天空洗成明镜
一束光穿透封锁，照进现实
而那些见不得光的事物
也自行消退
弓起的身形，将备受瞩目

耿彪

耿彪，1988年出生于河南永城，青年诗人。目前暂居江苏苏州，喜爱诗词创作。

想和你一起平平淡淡

想和你一起平平淡淡
开心快乐
度过交集的每一天
守护在最爱的你身边
是我今生梦寐以求的心愿

憩息在我们自己的家园
可以睡得早起得晚
不必听什么是非长短
清静无为的一天
显得如此舒适短暂

将会有很多很多的空闲
陪你一起美化我们的家园
在这儿种一些果树花草
去那儿养一些鱼儿水藻
你的微笑让我如获至宝

即便每顿粗茶淡饭
但凭月缺又月圆
我也不会有所厌倦

一起守护在我们的家园
相伴此生也不会遗憾

想和你一起平平淡淡
生活在我们自己的家园
我会劈柴，你能烧饭
我端汤菜，你取筷碗
爱上与你的每一个画面

让我们左手右手相牵
共同经营我们的
温馨空间
只要有你陪伴，日子
再苦也会让我感觉万分香甜

想和你一起平平淡淡
平平淡淡每一天
当一切成为过往云烟
我依旧能和你
和你喝茶聊天、依偎笑谈

谈啸春风

谈啸春风，本名谭春仁。男，湖南邵阳人，军转干部。爱好文学，常有诗歌散文见诸相关报刊和网络平台。

思念母亲

母亲的名字
镌刻在墓碑上
如同她生前
忠贞地依偎在父亲身旁
墓前的那排小树
已渐渐长大
牵牛花爬在树梢
默默地吐放清香

记得我参军离家前的那个晚上
母亲坐在床边
轻轻地拉着我的手
久久没有说一句话
透过烛光
我看到她眼里
翻滚着晶莹的泪花

南疆自卫还击的炮声
击溃了母亲忧伤的堤坝
姐姐在信中告诉我
每当飞机掠过天空
哪怕是深更半夜
母亲也要爬起来眺望

飞机隐没在天际
母亲的泪水早已挂满腮
她总是喃喃自语
飞机去哪里了呀
是不是部队要往前线开拔

木棉花开了
我戴上了军功章
可是
可是我的母亲没有了
她永别了
一生疼爱和牵挂的儿女
已静静地长眠于地下

巍巍的青山啊
请你回答
我把最慈祥最亲爱的母亲
托付给了你
如今
如今她一切可好吗

故乡

我的故乡
在湘中雪峰山下一个小村庄
四周群山环绕
一条小溪在村口潺潺流淌

清晨，朝阳透过炊烟落在村头
小草含珠，小花吐芳
鸡鸭唱着晨光曲
旋律韵美悠扬
黄昏，晚霞尽染田野山冈
耕牛在石板路上踏出"嘚嘚"蹄声
轻轻地敲打着宁静的夕阳
溪边那棵老槐树

依然苍劲挺拔
用一身纵横交错的沟壑
笑傲岁月沧桑

我深深地眷恋着故乡
故乡的每一条小路
都有我童年的脚印
故乡的每一湾碧水
都倒映着我青春的梦想
如今，我像一只离巢久远的小鸟
背负沉重的乡愁
向着那片生我养我的土地
不知疲倦地飞翔

树梢的风语

打开门窗
听一夜春风
在树梢拨弄心弦
窃语私房

你看北方
天空湛蓝，阔野苍茫
牛羊如云，青纱如帐
高原上腰鼓铿锵
黄土地回响着马鞭甩出的粗犷

你瞧南方
紫燕绕梁，渔歌舟上
四季如春，花吐芬芳
青石小巷里笛声悠扬
烟波细雨中莺飞草长

是啊，北方和南方
都是让你我魂牵梦萦的故乡
祖国九百六十万平方公里的土地
到处美景如画，无限风光

给力

给力，本名王鹏，辽宁大连人，教育工作者，对汉语的意境美情有独钟。闲暇时喜欢在海西文学网、今日头条等平台写诗自娱自乐。现任《青海湖诗报》编委会主任。

遗落他乡的纽扣

夕阳落款西山
风格很像一个句号
晚霞铺就红毯
不知在恭迎哪只倦鸟荣归

圆月比候鸟守时
又流落他乡捞金
到头来
总也偿还不清亏损的青春

听，鼾声入梦这当口
那梦呓
不讲究平仄，不标注标点
论分贝，论频次，都

比哭夜郎更揪心
比蝉声更急切
总是精准吵醒织女的心事

觅食的麻雀，扑腾翅膀是刚需
尺度之大
风纪扣也难免遗失于罡风中

老娘的针线笸箩还在吗
那枚古铜色的顶针已褪色了吧
还会不会像顶针续麻的游戏一样
把寄来的故乡月，缀连
且缝补到我失韵的领口
拗救孤平

煮一盏夜色

月华，最擅长望闻问切
常常隔空
把脉星宿、老槐树、旧窗棂
进而，诊疗榆木疙瘩的症候

医术之神奇，连蟋蟀都释怀于梦境

织女的脉象断然不会比银河舒缓
胸中的块垒定然坚如磐石

但，时光的河流终究磨得平宿命

试问：哪一朵乌云没有被风解围
哪一场哭泣没有破涕为笑
听，雨后蛙声又长情告白
稻田里，长势葱茏正一一回应

吴刚啊，与其
放任执念伐桂，不如煮一盏夜色
焯去瑶池浮萍的浮躁
调剂药膳一味，投喂萤火虫的灵魂
埋下伏笔健硕，呼应黎明

禅定的蜻蜓

蝉声渐起，刚出关，又
高调投入全新的道场

热浪，无厘头提前来袭
躁动的心正催逼荼蘼一季落寞
浓荫下
爱犬的长舌头，直勾勾
触底又反弹
像发蔫的绿叶，像大盘疯跌

好久不见啄木鸟免费坐诊了

月色苍白
被清澈的池水抚慰入怀
而鱼，嗅不出自己的体腥
风也拷问不出
死水微澜被那滴雨打散
树洞越发凹陷
非得请啄木鸟来切脉不可

树洞如代沟
仿若太奶干瘪的嘴
似乎能絮叨出不俗的梵音
蝉的亢奋，并非修行不够吧
只是不肯接纳
啄木鸟敲击树干的弦外音

都，一门心思专注疯长
哪有余力再分拨一点儿
洗耳恭听

可，心率越飙高音
越调不出 C 大调
不如学学莲
荷叶舒展处，心平气和
刚入定
又，飞来一羽坐禅的蜻蜓

鱼竿的前世今生

对鱼的图谋，不仅仅是猫的本性
孩提时代，我也曾沦为猫的帮凶

记得，那是一个充斥着欲望的春天
我遵从内心的策划，折断一枝柳条
一枝对春风高度敏感的柳条
系上一根银线
银线另一端拴上自制的鱼钩
坦白地讲，是盗取母亲的缝衣针
放到油灯上烧红
用钳子弯成的粗糙鱼钩

万事俱备，只欠诱饵
于是，又蓄意挖了小半瓶蚯蚓
一切就绪
迫不及待跑到水塘边
将图谋付诸最切实的行动

掐一截蚯蚓
漠视它本能的挣扎
活生生穿到鱼钩上
然后，甩进水塘里

眼神直勾勾地盯着鱼漂
捕捉咬钩的一丝迹象

功夫不负有心人
一下午的时光总算小有收获
共钓上来四条不知名的小鱼

因不够一盘的炖煎量
暂且放在鱼缸里喂养
不料，为了逃避油锅酷刑
四条小生命居然串通集体"自杀"

为此，我差一点儿挤出两滴惺惺泪

为了修复良知
从此再没碰过鱼竿
而当年的鱼竿
因为怕被母亲发现
依稀记得，我插在水塘边
如今，恐怕已长成参天大树了吧
那血腥的鱼钩，定然也锈迹斑斑
钓不得，半两春风

李田

李田，云南曲靖人，中国共产党党员，云南博浩生物纪委委员兼总经理助理。业余诗人，在国内多个刊物上发表诗词五百余首。

开疆拓土

我们骑行在自行车上
承载着希望的种子
穿梭于云南的红土地
汗水如河流淌
穿越山川
滋润了贵州
渗透进内蒙古
滋养每一位花农的心田
走访村落
热情推广万寿菊
细心培育每一株幼苗
见证它们破土而出
精心辅助移植

让它们在土壤中扎根生长
中耕养护
不容一丝懈怠
防病治虫
始终警惕
攻克
收购、青贮、干燥、萃取
等技术难关
岁月如梭
诗酒趁年华
怀抱梦想不断前行
愿万寿菊花开遍野

光辉岁月

十八载春秋流转
我对万寿菊情有独钟
在这多彩的世界
耕耘不息
从企业到地方
再到团体标准

我参与制定了九项规章
每一个数字
都是岁月赋予的荣誉印记
在质量控制的战场
我冲锋陷阵
毫不退缩

以汗水与智慧
锻造卓越品质
使博浩生物声名远扬
市场占有率傲视群雄
但这不是终点
而是新的征程
我沉醉于万寿菊的馥郁

梦想的羽翼
永不休止
诗酒趁年华
我将以激情为笔
执着为墨
绘制更加辉煌的未来

坚守奋进

我独自走在人生的征途
寂寞的风
轻抚岁月的岸
但我心中有着明亮的灯塔
不惧黑夜
一身正气是我坚守的信仰
积极进取是我许下的诺言
虽然孤独一人
步伐坚定而稳健
朝着万寿菊叶黄素的梦想之地
勇往直前

我愿意倾尽一生之力
在这领域继续深耕
任凭风雨交加
心志坚定不移
勇敢无畏
诗是灵魂的温柔抚慰
酒是豪情的自由表达
把握青春年华
奋力拼搏
誓要创造
属于我的传说

阿 Q 的兄弟

阿 Q 的兄弟，本名高毅宝，男，云南金平人，现居云南蒙自。作品散见于海西文学网及《青海湖诗报》等地方报刊。

五月的风

五月的风
迎面亲吻我的脸颊
热辣的激情让我怦然心动
湿润芬芳的泥土气息
凝固着额头上的汗珠
变成一抹尘埃
覆盖在这片土地上

五月的风
吹醒了冬天遗留的最后一丝寒气
吹暖了春天里没来得盛开的花蕾
吹落了枝头上狂傲挣扎的那片枯叶
从南方吹到北方
从墙外吹到墙内
从黑暗吹到黎明

五月的风
响彻一股稚嫩的嗓音
夹带着暴风骤雨
治愈着大地干裂的伤痕
多情的田野上耕耘着七色的梦

天边烧红的云彩
注定是血与火的历练

五月的风
是一把锋利的砍刀
曾披荆斩棘
斩断过蒙昧的时代
投掷的那惊天雷鸣
曾震醒沉睡的大地
东方地平线上升起的那轮光芒
无法阻挡昂首前进的步伐

听，你听，你听
你可曾听到雄狮般的怒吼
你可曾听到蛟龙翻海的涛声
你可曾听到民主之歌
你可曾听到科学之声
来吧，起来吧
我们再一次迎接
聆听花海里
五月的风

远古的呼唤

在每一天
太阳升起的时候
站在大山之巅
遥望你归来的方向
说好
在太阳落山之前回家
你却一去不回
在荒凉的山洞里
守候了千万年

你真的走远了吗
是否忘记了回家的路
那一叶划过的小舟
漂落到何方
弯弓射出的长箭
是否找到了安息的地方
是否还有更美的天堂
让你一去不回

我来看你了
在遗址洞口前痛哭一场
我来祭奠你
遥远的祖妈

点燃一炷香
献上纸钱
安慰我心中的神灵

我来晚了吗
在夕阳西下时
才找到你的寓所
泛黄荒野的大山
没有人告诉我
你书写过的人文史诗
还有那人与兽的故事
流浪出去的儿女们
一定是迷失了方向

你可记得
滇东南的大山
曾经是
儿女们的摇篮或避难所
遥远的美洲
印第安人基因里
依然存留着你的影子
常回来看看
祖妈在这里等你

春曲

蟋蟋蟀，蟋蟋蟀，蟋蟋蟋蟀
这是春天里最美的歌谣
带着泥土的芬芳和悦耳的嗓音
播种希望的田野
汗水浸透这片深爱的红土地
在狂风暴雨来临前尽情歌唱

蟋蟋蟀，蟋蟋蟀，蟋蟋蟋蟀
想起阿妈那首动人的歌谣
在乡间的小路上奋进
阿爸厚重的脚印
延伸到大地的尽头
泪水汗水擦洗春天的尘埃
七色的天空慢慢变老

蟋蟋蟀，蟋蟋蟀，蟋蟋蟋蟀
风曾来这里参加合音
雨曾来这里滋养生命
太阳孵化梦里的希望
我拉着天马的缰绳
行走在空旷的银河路上
耳边总是响起这首无法入眠的春曲

王海生

王海生，中国楹联学会会员，庐山毛体书法研究院研究员，全国艺术特长生书法专业高级考官，福建省科普作家协会会员，福建省王审知研究会副会长，福州市仓山区政协委员，福州市台江区作家协会会员。

守护者

雨声不断，风声也不断
总会对世间有些袭扰
若不然，人们何以不安

我看见了雨
以粗犷的线条撞击大地
至于是否疼痛
我想，只有它最能知道

在青葱草地上
我更愿意是一棵树
抬头就会够到天
低头也能探着水

我也很安静
春夏秋冬，四季轮回
随时随地，默默延展
执着、茁壮、茂盛

我看见了满地花开
坚毅地在红尘里飘摇
唯有在风雨之后
才清晰可见，她的珍贵

星空之下，一望无垠
谁在庇佑谁的童年
谁又在守护着谁的悲喜
就让所有美好
从这里出发

因为有您，心存感激
我们永远追随你的步履，仰望你
东方欲晓
莫道君行早
踏遍青山人未老
风景这边独好

因为爱

雨落无声，心度春秋
花自飘零，碎银几两
茶味人生，韵味悠长

潺雨纷纷，人近天涯
不同阶段，别样历程
岁月静好，珍惜时光

最美，不是下雨天
是伞下撑起的
那一片暖心的世界

那些骨子里深藏教养的人
眼里有光，心底有爱
一定会
被这个世界温柔对待

岁月感恩

山长水阔知何处
相融共生通四海
偶有风雨
心无阻，脚不停

祈流年不负
愿岁月可期
以梦为马
不负韶华

角度不同
视野也不一样
黑白世界，也有彩虹

车马舟渡行走
各有独到风景
唯有感恩，滋润心田
追梦之路，阳光常伴
春暖花开

尹道强

尹道强，中国诗歌学会会员。作品散见于《中国诗歌》《青海湖诗刊》《青海湖诗报》《青年文学家》《三角洲》。诗歌《老屯故事》荣获第三届最美中国当代诗歌散文大赛一等奖，并入选《最美中国2024诗文集》。

梦想，飞扬嫩江草原

梅里斯，达斡尔语——
一个有冰的地方
一江三河如吉祥的哈达
飘在辽阔的嫩江草原上
水肥草美，牛羊茁壮
牧歌里唱响——
达斡尔人的热情与豪放

六月的嫩江草原
绿波如浪，沃野青青
串串鸟鸣灵动着百花的娇艳
滚滚嫩江波光潋滟，朵朵浪花
绽放达斡尔人的憧憬与向往

柳蒿芽——库木勒
达斡尔人的救命菜
远离家乡游子眷恋的乡愁
达斡尔人深怀一颗感恩的心
从四面八方来到嫩江草原
欢庆库木勒节
唱起"扎恩达勒"

起舞"哈库麦勒"
烹牛煮羊，举杯畅饮
品味日新月异的新生活

鹤城
国际烤肉美食之都
梅里斯
民族特色餐饮亮点频现
大片肉烧烤，香气绕梁
梅里斯烤肉小镇
家家是品牌，户户有特色
一条街上，车来人往
嗞嗞作响的烤盘
诱人的芳香，绵长的味道
挤进八方来客的梦乡

勒勒车印下艰苦岁月的记忆
走过迁徙跋涉的痕迹
如今，勤劳智慧的达斡尔人
萃取历史精华，沉淀风雨沧桑
汇聚奋进的激情，迸发无穷的力量
策马扬鞭，聆听草原上的嘶鸣
马背上醉，马背上飞

等你来草原牧场畅饮三百杯
陪你一起驰骋，领略大草原风光
嘹亮的歌声，荡漾达乡大地
给达乡人民送来
幸福，吉祥，安康

扎龙湖的春天

一片芦苇荡
痴情守护一个湖
丹顶鹤，便是湖的魂
日夜守护这里的吉祥与安宁

丹顶鹤就像——
一枚枚绣花针
在这里
绣出芦苇的浩荡
和湖泊的清澈
也绣出了草木的葳蕤
蓝天和白云

让这里的天地生机盎然

春天来了
丹顶鹤正忙着
为扎龙湖穿针引线
不经意间，它们把自己
也绣进了一幅画卷里
可它们没有办法
绣出自己的声音
只能在湖面上
印下婀娜的倩影

七月，阳光的味道

徜徉七月的怀抱
沃野青青，碧波荡漾
天空蔚蓝而深邃
串串鸟鸣衔着酽酽的绿
灵动百花的娇艳
放飞喜悦的心情

青青的叶子纤尘不染
划过孩子们
一阵阵的欢笑声
行云流水的爽朗
荡漾
广场、公园、大街小巷

七月的火红
渲染火红的主题
唱响红歌的旋律
昂扬向上
荡过山川、河流、原野
勃勃生机葳蕤的夏

花草树木激情活跃
禁不住七月阳光味道的诱惑
伸长脖颈
沉醉火红的梦
久久不愿醒来……

马井梅

诗酒趁年华

把梦想
播进沃土
于是
就生长出
最美的诗行

青翠的玉米
摇曳的高粱
还有那
盛开的花生花

泛着淡淡幽香

布谷催种
鸣蝉高歌
蟋蟀也开始了
浅吟低唱

诗酒趁年华
这儿就是苦苦追寻的
诗与远方

夏夜

徐徐的晚风
吹来阵阵清凉
朗朗的明月
为大地铺上一层
皎洁的月光

信步走在
乡间的小路上
听蟋蟀在浅吟低唱
鸣蝉伏在高枝

与布谷、啼莺
开始了
精彩的较量
倦鸟挥动双翅
为它们喝彩鼓掌

三三两两的农人
吹着凉爽的风
在这天然的氧吧里
静享这美好时光

夏日抒怀

迎着清晨的第一缕阳光
悠闲漫步在乡村田野上
朝霞染红了苍穹
好似激情燃烧的模样

三三两两的人儿
开始向蟋蟀市场聚拢
看到我在拍照
路人也忍不住举起手机
来留住这美好的景象

彩虹韵醉了天空
鸣蝉与鼓蛙
也开始了低吟浅唱
燕子徘徊穿梭
信鸽翩舞翱翔
共享清晨的凉爽

梦桃

梦桃，本名朱金涛，男，1958年出生，江苏兴化人。从事教育工作40年。喜爱音乐和文学。作品散见于海西文学网、《青海湖诗报》。

爱的牢

晚霞总是那么潮
相思让人难熬
夜却不依不饶
辗转难眠让人睡不着觉
我就像是一只囚禁的鸟
再也不能飞上云霄

那路旁的小草
含情脉脉地扯着你的裙角
风儿吹着你的睫毛
你长发飘飘
彩蝶只能躲在花蕊里
自惭形秽地看着你的骄傲

画面如此美妙
我在心中一万遍默念着你的好

你可知晓
当我爱上你的那一秒
如同牡丹开放时那么妖娆
而你的吻
恰似给我画了一座圆形的牢

我绝不做雨后转瞬即逝的彩虹桥
我要用时光的刀
将爱刻在额头的皱纹里
一直到老

秋恋

这个秋天走得太匆忙
还没来得及欣赏你的美
冬天却已经到来

我特别喜欢秋天
喜欢秋天的色彩
那一片金黄
是四季里最美的颜色
那谷子的金黄
沉甸甸的
是农人丰收的成果
看得人喜滋滋的
那树叶的金黄
像夕阳的霞光铺满了大地
那是经过两个季节的沉淀才染上的

我喜欢大雁南飞的景象
那渐渐远去的雁群
我看到了它的恋恋不舍
也听到了它来年一定会回来的承诺

还有那晚秋的枯荷
虽没有了小荷初露

蜻蜓立上头的感觉
当秋风瑟瑟吹来时
却有傲然挺立的骨气
这难道不是一种美吗

秋天的菊花
虽不像春天里的百花那么艳丽
但是却有着
"我花开后百花杀"的霸气

还有那人们不经意的
湖边的芦花
西风吹来时
白絮飞舞，像极了雪花
她温柔地亲吻着你的脸
缠绵悱恻、恋恋不舍地不愿离去
分明是恋人的情愫

于是我盼望着
这个刚刚到来的冬天尽早过去
跨过春夏
快点儿与秋天来一个浪漫的邂逅

春的思念

夕阳缓缓
西山晚霞灿烂
夜色降临
勾起我思绪万千

越是想念越是孤单
总想努力忘掉那个字眼儿
却总是在眼前浮现
打开音乐循环
那旋律总是与你有关

你的离开辜负了我的喜欢
那是你我的遗憾
相思的孤舟不能靠岸
心情忽明忽暗

明知道那是难圆的梦幻
也不可能牵手并肩
可我还是在心里呼唤
爱你千遍万遍

你不愿意回头看一看
其实我一直在你身边
在茫茫人海
从未走远

月儿缓缓
送来晚风浪漫
我想问一问你
可不可以吻你的脸
这算不算是对你的冒犯

锁树坤

锁树坤，毕业于中央民族大学。老舍文学院学员，北京市大兴区作家协会会员。在北京市区级征文大赛中获奖数次，作品散见于中国作家网、《青海湖诗刊》。

看海

分别　好久
鲜甜的海风一阵阵簇拥着我
回到海边
海浪踩着碎步
亲吻我的脚丫
像极了母亲的爱抚

生命中所有的束缚
被海洋的温柔宽衣解带
心情随海鸟一起翱翔
轻松　自由

我把此生所有的泪滴
交给海洋保留
这样每一个脆弱的时刻
心中便涌现出
海的宽广和仁厚
不再孤独
海洋的呓语
我一遍遍地读
无字的天书
写着满满的慈悲和大度

故乡的春雨

故乡的春雨
刻进了基因
在一次次心跳中
律动

它温柔
像妈妈的爱抚
青瓦上的迷离哄睡了

灰蒙蒙的天
又滴滴答答
从屋檐落下竹笛

它如甜美的乳汁
滋养了脆生生的芽叶
喂饱了含苞待放的花蕾
繁华的城市

像雨后春笋般破土而出
我们和清凌凌的河水
一起嬉闹　玩耍　苗壮
看春雨中的故事
汇入每一条江河
强劲了时代的脉搏

故乡的春雨

打湿了我多少记忆
童年的身影
在雨中晃动
连蹦带跳地
穿越乡愁的彼岸
笑声爽朗
在人生岁月中
留下最初的趣味与真诚

孤勇者

大海　没有标识路线
苍茫的天空下　除了水还是水
海鸟的啼鸣划过
死一般地孤寂
命运的舟楫颠簸

梦想的光芒
烈焰般闪耀
在水手的眼眸
没有航海图
就去闯出一条路

雷电　暗礁　龙卷风
危险重重

没有人到达过的彼岸
靠着信念和罗盘
坚定前行
搏击风浪的桨
划出最美丽的风景

金色的晨曦
一次次唤醒暗夜
唤醒孤勇者生命中的
智慧和天赋
坚贞和勇猛
义无反顾
奔赴征程

天地之恋

天地长久地凝视
钟情
却不能相恋
天空在地上高悬

天空常常差信使传信
比如雄鹰
比如清风
把天空的信息带到人间

地面永远摆出
拥抱的姿态
接受天空的馈赠

比如一场春雨
比如雪花飞仙

他们同生共死
纵不能卿卿我我
却海枯石烂
情比金坚

爱情　有时候
不是终成正果
而是我眼中有你
彼此成全

胡华珍

胡华珍，中国共产党党员，副主任医师。作品散见于《中国人口报》《湖北人口报》《潜江日报》。多次在全国征文大赛中获得二、三等奖和优秀奖。

夏至时节荷满塘

夏至的高温　点燃了火炬
奔跑的荷花
一个个像美少女一般
涂上红唇　洒落一点红
仿佛是一滴血
把平仄韵律的诗句渲染

一声声蛙鸣鸟叫
提高了空气的温度
荷　一望无际的绿色海洋
一朵朵含苞待放的小荷
亭亭玉立　竭力伸展着花瓣
微风摇曳着多姿裙带

一根带刺的绿线　撑起了绿伞
一叶荷　正躺在荷床上
享乐人间仙境

此时　蜻蜓和蛐蛐唱着小调
舒缓着大提琴
跳动的音符　优美的旋律
当轻风拂过　荷花喃喃低语
诉说着心中往事

当炎热到达顶峰
一场极致的暴雨冲走夏热
时光踮起脚尖　不忍掠扰粉莲
巨大的荷叶　小心翼翼地托举着伞
保护那些小小的嫩荷

不蔓不枝　傲视着人间苦难
把美好　幸福带给人间
荷塘　春色满园
出淤泥而不染
那高洁无瑕的高贵品质
让人仰慕　让人钦佩

母亲的春耕

春天　鸟儿起早的喧闹声
唤醒了黎明　清晨乡村热闹非凡
一派生机勃勃　欣欣向荣的景象

母亲牵着耕牛的绳索
用铁犁将泥土翻开
那一层层波浪线
打开了春天的画卷
散发出泥土浓郁的芳香

田边　垂柳在春风中点头微笑

母亲耕种几度春秋
把心里的希望之歌
全都寄托在田野上

母亲用颤抖的手　握着手中的犁
在秧田　水面上来往如梭
为春天写出了碧绿和金黄
田野留下了母亲的素影
收获的稻谷和玉米
仿佛似诗人手中的笔迹
闪烁着金灿耀眼的光芒

文字的魅力

文字是放眼世界的窗口
是通向心灵的桥梁
每一行文字　都是心灵的独舞
每一首诗都是打开心底的钥匙

文字你如风铃般轻盈
如白云般灵动　清香的文字
淡淡的素笺　浓浓的墨香
抒不尽诗的芳华　写不尽柔情似水
描绘着平淡的生活
吟唱着平仄韵律
倾听着心灵的渴望
赏读饱满动人的乐章
轻嗅出芳香四溢的文字

文字博大精深

充满无穷的智慧和力量
我喜欢文字　更喜欢写诗
诗文可以抒发内心的情感
悟懂文字是写好诗文的重要环节
学习文字　运用文字
是写格律诗文不可缺少的
一首好诗　仿佛是一幅精致的油画

文字能听到心底的声音
能体会到生活的乐趣和艰辛
它能让心灵在文字中放飞
让灵魂在音乐中漫步
让人生在岁月中别样绚丽灿烂
让诗文绽放出迷人的芳香
沁人心脾　漫过心灵的海洋
以最美的姿态　永远优雅盛开

关翠萍

关翠萍，女，云南姚安人，爱好诗词、摄影。

乡恋

那弯皎月　　　　　　　　青了又黄
挂在故乡的房梁上　　　　月圆十五
花开时节　　　　　　　　你如约而来
月儿格外明亮　　　　　　一场遇见
西河湾的杨柳　　　　　　在弯弯的小河旁

晨

清晨　　　　　　　　　　等风起
夏风清凉　　　　　　　　捎上我的一封信
将夜留在房屋上　　　　　一个熟悉的背影
一行行大雁　　　　　　　抬头
一起向北　　　　　　　　回首处
寻找温暖的航向　　　　　聆听花开的声音

夕阳

傍晚的江岸
一缕夕阳
金灿灿
映在静静的永安桥上
杨柳依依
鸟儿轻轻

片片枫叶
随风轻轻起舞
摘片叶子
把心事盛满
任思念
在风中回荡

缘分

轻轻地
牵住风的手
将你的影子挽留
静静地
望龙川江岸的三角梅
回首
夕阳西沉
爱一点儿一点儿
涌入心头
一树树三角梅

闻声起舞
含情的蓝花楹
闭目沉吟
浅雨声声
拂起树的衣袖
鸟飞来
静静地看着
舔一下
一纸写下今日
搁浅河岸的清秋

绯凡

绯凡，江苏省音乐文学学会会员。作品散见于《渤海风》《三角洲》《鄂州文学》。

一盏一影

湖面微波荡漾
只一瞬，暴雨倾盆而至
湖，还是湖
只是溅起了千军万马
唱响了马嘶雷鸣的战歌
那咆哮着翻滚的乌云
张开爆裂的嘴，笼罩着山野
那狂风如奔放的野马
甩着飞扬的鬃毛，肆意穿梭在雨间

暴雨，如烟如雾如尘
幻化不定
天空在哭泣，撕心裂肺
把白昼变成黑夜
把低语变成咆哮

在绝望与希望里
变得冷酷与疯狂

黑暗里亮起了一盏灯
忽明忽暗，在空中摇曳
风要吞灭了它
雨要浇毁了它
一个旅人透过模糊的双眼
捕捉到了这微弱的光
朝着它艰难却坚定地走去

天空依旧在流泪
暴雨依旧在咆哮
那盏灯依旧在黑暗里
闪着光

距离

距离，如禅者的静坐
在繁华的世界与内心的寂静之间
安然存在
它，既是空间的隔离
又是心灵的连接

远方的山川，近处的流水
人群的喧嚣，或是孤独的静默
都在距离的衡量下，深沉地呼吸

距离，如禅意中的一叶扁舟

在波澜壮阔的江海与内心的清波中
漂泊不定
它，既是世界的宽广
又是内心的深邃

繁花似锦，落叶如诗
都在距离的映照下
承载着生活的酸甜苦辣
在无垠的寻觅与守候里
给生命印上走过的痕迹

追光的舞者

我是一个追光的舞者
舞动的身影如浓墨重彩的画卷
每一次起舞，都是对生命的热爱
星光熠熠，月光如水
我在这片广袤的土地上
以梦想为马，追寻那一束光芒
在每一个黎明与黄昏中舞动
在每一个春华秋实中旋转
每一次舞蹈，都是对光明的追逐
每一次转动，都是对希望的坚持

我是一个追光的舞者
舞动在生命的力量中

我是那繁星之下的舞者
旋转在梦想的光芒中
我的舞步，跨越了时间与空间
我的舞蹈，融合了生命与希望
我的舞姿，展现了坚韧与勇气
我的舞影，映照了梦想与光芒

我在生命的舞台上，翩翩起舞
我在梦想的旅程中，永不停息
我是那追光的舞者，用舞步
写下生命的篇章
我是那追光的舞者，用舞蹈
照亮梦想的方向

等你，在樱花盛开的季节

那年那月的初见
雨就缠住了心
丝丝绵绵的牵挂
如长藤
朝向你的方向生长，蔓延

临别的那一眼
带走了所有的牵挂
只留下一个孤单的身影
在风中落寞

长春桥上的相依相偎
倒映在太湖水中
捞起双影装进心里
印成烙印
千年的等待
百世的轮回
只为了那句誓言

红妆已梳
樱花已开
山谷里回荡着春鸟的鸣响
樱花雨飘落在身上
是否你传来了消息

高远

高远，本名高爱启，山西临县人，吕梁市民间文艺家协会会员，吕梁市优秀传统文化研究会会员。代表作有电影专题片《大美临县，文旅先行》《克虎船工号子》。作品散见于海西文学网、《青海湖诗刊》。

晋西黄河风情

逝去的晋西黄河风情
粗犷里的文明
凫河
暑天的黄河
从午后一直热闹至太阳落山
一群赤条子的河娃子
朝上河走两三里
小脑瓜子漂了满河
一猛子扎下去

屁股蛋子在浪尖上翻腾了好几回
黄汤灌耳呛着了嗓子眼儿才凫出水面
黄河水从脑门子渗进骨头里
大人是无法把河娃子撵回去的
干脆不撵了
自己锄完了地也泡河水来了
涌上三排浪
到河对岸的葭洲过足了瘾才回去

拉船

纤夫背绳赤条条
声声驼铃串悠悠
火炉皮袄咸鱼臭
浪里搏命几声吼
石壁把碗大的驼蹄砭在小脚
背绳嵌出血印
艄公对阳光毫无反应
任凭黝黑和日头嚣张
只听号子和老艄公的吆喝

五里一滩十里一嶂
半碗黄米饭，一锅老鱼汤
枕着涛声，盖着星星
月亮点灯，酸曲黏裳
只唱女人歌，不闻女人味儿
十八道碛峁数尽
万千次生死历经
一船钱财起碛口到碛口
打上了黄河的烙印

捞炭

大暑小暑
再热的晚上也不敢下到河里
黄河的怪脾气
斗起狠来
说不定会被河神打了牙祭
六月六日是河神的祭日
白天也没人敢去

闷热上十天半月
沙子里埋熟鸡蛋
瓜茄叶子从早蔫到晚
羊不敢出坡蝉叫得怕死人
狗舌头像拽出来一样喘气
石窑洞里的阴凉得乘着上午睡
左一会儿右一会儿就是不想起来
饭在外面的河炭火中慢慢咕嘟

一夜电闪雷鸣
人们抿嘴笑
好像期盼些什么
翌日，吃足了饭哪儿都不去
在街垟上闲聊专等什么似的

午饭前后黄河就毛了
水有平时的两三倍大

一条黄龙咆哮着
几下就涌上了第一道沙塄
一股泥腥子凉味儿扑来
浪像一堵一堵大墙往上涌
人却一拨一拨往下拥
没有人感到害怕
一场天底下特有
原始野性的捞炭盛宴开启了
男人把一把齐胸捞秃插入河里
自己像水泥桩一样钉在浪里
下拉出几米长的旋涡
又随着背水起伏
一大网河炭满了
女人们在河岸上接应
像转移偷来的东西麻利送上沙圪塄
幸运的年份攒下几年的烧法
黄泥浆出男人的短裤衩
女人裤腿绾至腿根儿露出白皙
原始与文明无须去争论
四五十担炭
窖在枣树畔上沙窖里
那可是温暖和活法
黄河水把野性与文明渗在了骨头里

金秀锦

金秀锦，笔名那是一朵云儿，辽宁大连人。作品散见于海西文学网、今日头条。

等风的女人

都说
伞，是为雨准备的
当我学会打伞时
雨，却停了

等风的女人
习惯了无人撑伞的日子
因为雨
把她和心都淋湿了
透透的

这场夏雨
从早下到晚
那把伞上
不知还有没有余温

听说
风在加急赶来的路上
很急很急的
路旁边的树可佐证

是呀
想说

我等不来满天星斗
却有贴心的粥暖茶温
也是，知足了

权且
我把风比喻成使者吧
有时
会有好消息捎来
我把这雨看成是云的哭泣
停吧，少些伤心

我把伞赠予匆忙的赶路人吧
因为我不忍心你被淋
我把自己
交与明天的黄昏
看牧童归来
日落西沉

有人说我很傻很傻
对未来从来不上心
如果你觉得真是这般
那就傻吧
等风的女人

种下永远

寻一块还没冻僵的土地
把思念和永远种上
拣一个雪花飘落的午后
围炉取暖憧憬春光
写一首静悄悄的小诗
让爱情和你
合着冬日里的白云去流浪
如果你的相册里面还有空间
请记录下消瘦的群山和枯黄的树木

岁月在悄悄地溜走
你我他她它
会怎么想

思念会长出翅膀
永远会定格在心上
冬日，大寒
我买了农人的蜜薯
尝过了
淳朴里面含着糖
啊，是了
永远的地方还叫永远
思念的地界没有冬霜

浅冬
种下的永远
还在生长

今夜

今夜
风儿累了
雪花无声地下落
窗外的世界银装素裹
不知你在的南国
是一轮明月高悬
还是细雨绵绵或转瞬滂沱

北国的雁儿早就飞了
数过群山飞过村落
我托寄给你的那份情书

不知可否淋湿过
那上面
有我指尖的温度
字里行间
有我的思念在默默地诉说
今夜，我醉了
我想燃雪煮诗
写情写爱
写未来写今生今世
与你一起，携手并进
何惧，岁月蹉跎

来年雨

来年雨，本名郭平安。河南焦作人。作品散见于《中国诗歌》《延河》《海风》《青海湖诗刊》。

我的太阳落在泪珠里

夜晚我闭上眼睛
母亲的太阳就点起来

油灯旁
母亲针穿夜半黎明
线穿酷暑严寒
给棉衣缝进天热
给额头缝上山泉，缝一汪
汗水，沐浴家的冬季

纺车前
母亲手握云团
抽出彩虹道道
扯下摞摞折叠的瀑布

母亲端起鸡食，喂肥
五更的报晓，喂香

一枚枚，韭菜鲜味儿的佳肴
小圈里，是母亲喂给
过年的花销，是一头
肥得丰富的年货，过年的
声声鞭炮

母亲早已西去
我仍见她
在捶衣的小河边
在填充饥荒的锅台前
在生产队干瘪的工分里
在她搭的鸟巢内，纳着
我的脚底

母亲把太阳揣在怀里
我的太阳落在泪珠里

吃吧，正冒着淄博的热气

烧烤，烤红网络
淄博，累垮热搜

八方四面
一拨拨驱乘随风赶到
西北东南
鲜活水灵及时飞来

一串乡土火苗的香气
烤香了以往夹生的日子
一副副烤架摆出憧憬
地摊儿点亮
古齐都今天的黎明

蒲松龄端一碗聊斋故事
扁鹊还在四诊，焦裕禄的
故居
挤满歌声飘起的红领巾

泰山扁了，孟祠弯了
一条龙吞不下开元溶洞
海吃的旅店撑得打嗝儿
停车场截不断车流汹涌

储油罐闹腾饥荒
土产特产空有将军守候
一道道电动门自动除锈
荒芜的喜庆从阵阵烟花里升腾

姜太公痴迷钓鱼戒饮戒食
齐桓公呆坐在管仲之法里
无心见客，唯有
野藤杂草，茂盛孙子庭前

扳倒井挽着赞叹走了
雨点釉侬偎着列车高速
软子石榴一夜梦全装后备箱
山药白藕黄小米乘船路过天上
留守的甲氏合同等待炮响

上风头列队站着牧人
放牧一箱箱花丛飞舞
引燃翅膀的渴望
夯地的脚步
渐行渐远
一点点
消失在四百七十万人中

落叶

足迹，是一片
跟着风声，经历
天空江湖的落叶

叶子最初掖在课本里
吸纳书内外一大碗乳汁
在四方桌上，拓下
很深的痕迹

每片落叶，都飘着
一个故事，粘满
汗水、泪水、老茧和血疱

云朵、雨雪、疼痒和
梦想，落在灯下
秋田里的文字上

打开一本落叶的足迹
前页不知后页，迈向哪里

刘根生

刘根生，河南驻马店人。诗歌爱好者。作品散见于各大网络平台及纸刊。

母亲的愧疚

我要回家了，辞掉工作
母亲突然就不愿意吃饭了
母亲说我离家太久，想我

弟弟打电话过来
八十七岁高龄的母亲
近段时间已变得闷闷不乐

电话那头儿弟弟压低声音
大夫说
母亲全身脏器衰竭
可能时日无多

我说把手机给母亲
刚对着电话叫了一声娘
那头儿的母亲就说
都怪我，都怪我
害得你还要丢掉工作

我的喉咙瞬间哽咽
心头疼痛一阵紧缩
我用手紧紧捂住双眼
窗外
不知何时已大雨滂沱

走进四月

布谷鸟飞出柳林
喊出烟云和田野的颜色
蝴蝶采去
油菜花最后一朵金黄
三月尾声的冬麦
等着燕子剪开头顶的云朵
随时接受一场悲伤滂沱

母亲
就住在那冬麦的田里
北方的平原视野远旷
您总是睡得很沉，很沉
任凭我
和那只布谷鸟高声呼唤
您就是安静地守在家乡的麦田
再没有和我唠叨过
您那整夜整夜的失眠

您还说

喜欢那冬麦扬花
喜欢吃石磨碾出的白面
喜欢草芽清纯
喜欢
用清晨的露珠
洗亮老花的双眼
更喜欢听孩子的欢笑
我懂
您一辈子内心的慈软

可春天也是要去的
就像世人走过的每个季节
有眼泪，有雨水，有阳光
而阳光的七彩霞
已穿透长空
收容所有的眼泪和雨水
把笑容铺满大地
润泽四月，风清月朗

清明，总有一场雨

自从春风扬起了柳枝
我就不敢翻看
桌子上的那本日历
我知道
内心对自己的自欺
这个节气的到来
除了悲哀
还有很多疼痛藏在心里
我知道
那边的亲人未必责怪

我从不在别人面前提起
去世的母亲和早逝的父亲
不是忘记
不是不孝
不是我没有思念
我只用笔

写父亲走的时候
年少懵懂的我
不曾答应坚强一生的他
对我的一点儿小小要求
哪怕第二天我就长大了
可已于事无补

写母亲走的时候

轻得仿佛一片叶子
可她沉重的头颅
就像五月熟透的麦穗
苍老的躯体压得低了又低
那飞驰的列车
还是没能
追上母亲的离去

而今鬓发染霜的我
总是渴望
站在父亲的墓前
为他老人家斟上一杯酒
说一说
他走后我迟到的后悔
站在母亲的墓前
为她拔去萋萋青草
说一说
她走后我这一生的愧疚

我知道
这一天会有很多的泪水
烫红我的眼睛
我也知道
清明
天空总会下一场悲伤的雨

往事随风

往事随风，本名曹达环，江西九江人。喜爱阅读和写作。在今日头条等网络平台和纸刊发表诗歌七百余篇。

遇见五月

四月的挂历
在时钟的脚步声中
走到了五月的曙光
五月的第一缕阳光
洒在金色的麦浪上

蝌蚪剪掉了尾巴
装上四条粗壮的腿
开始巡演的歌唱

草原一片青绿
牛羊在欢笑中肥壮
布谷鸟喊来的禾苗
在田野里正葱翠拔节
耕耘的汗水化作袅袅炊烟
织成朵朵白云
包裹着丰盈的谷苞

捧一朵红蔷薇
向五月表白
我爱你
红色的五月
你是劳动者的粉丝
你是有志青年的偶像
你有父母的大爱
你有夏花为媒的幸福家园

我等待着五月的
荷塘月色
前川瀑布
河中乌篷
阡陌白鹭
还有那金色的麦子
乌黑的大豆
颗粒归仓

"六一"抒怀

挂在墙上的挂历
衣服换了又换
时针像陀螺飞转
童年的记忆逐渐走远
那颗天真的童心愈加模糊

汗巾替代了红领巾
琅琅的读书声变成了
在田野的吆喝声
握不住筷子的手
在耕种的土地上无所不能
幼小的肩膀
已担起家庭的重任

许多少年的愿望
被风吹雨打
许多少年的无邪
被现实带进雾里看花
为柴米油盐奔波的日子
只记得唐诗的《悯农》
偶尔也看看《一千零一夜》
回忆起少时年华

年少的黑发已被雪霜染过
那时稚嫩的脸
已皱褶成荒漠的沙
回首走过的路
有欢笑也有泪水
凭顽强的意志
一直在精耕细作中
披星戴月摸爬滚打

六十年就如一个梦
笔直的腰杆在梦中
成了浓云中的月牙儿
值得庆幸的是儿孙满堂
可以好好享受天伦之乐

抱一壶绿茶
斟一杯谷酒
悠然自得
写一篇短文
和孙辈们
共庆六一儿童节
老小子脸上乐开了花

截取一段夏的茂盛

我爱夏天的绿
静听蝉声
自得悟道
或仰望一帘瀑布
或近赏溪水潺潺
都是令人心旷神怡的
天籁之音

我爱夏天的黄
那是汗水的结晶
稻浪滚滚
金色的浪花
欢快地报答炎热下
锄禾的人

我爱夏天的红
它有一颗少女之心
纯净高雅令人心生崇敬
闻一闻荷花
犹如闻到了爱人的香韵

我要截取夏的一段茂盛
寄往秋　寄往冬
寄往万紫千红的春
四季里最浪漫的时分唯有夏
爱的炽热尽在那朵并蒂莲里

馨香

馨香，本名杨春香，吉林洮南人。作品散见于网媒和纸刊。

考

窗外的雨哗哗地下着
滴落着多少琼浆
孕育出几多芳华
一年一度的小升初
在一颗颗纯净的心灵中
变得凝重饱满而又明亮
让祖国的花朵
更加笃定努力的方向
笔端勾勒着
一帧帧精美的画卷

选择、填空、判断、综合题干
铺展在人生的必经阶段
尝试　果敢　小心翼翼地涌入笔端
成长的烦恼与快乐
承载着老师和家长的无数期盼
加油孩子们
即将告别童年的天真烂漫
迈向少年的初级阶段
愿翱翔的天空更辽阔
脚下的路走得更稳健

沃野青青

时光牵引着梦想
在儿童节的庆典中
开启唯美篇章
家园　校园
棵棵幼苗成长的足迹
划过瞬间
让我们看到了
沃野葱茏的盛颜
憧憬　慨叹　祈愿　感言
脱口而出时的自然

带出了情绪的标点
遐想的画面
高考的热浪冲进
社会　家庭　校园
阳光　雨露　青苗
在公平线上
把实力凸显
春种　夏长　秋实
醉在这
一方方一畦畦中企盼

写一笺光阴里的故事

虽然光阴如水
它载着欢笑和泪水
盛着挫折和失败
悄无声息地流逝

但是每当回首过去
却宛如一首首饱含深情的曲子
演奏着现实的沧桑与美好
时代的召唤与进步
又恰似一幅幅画
呈现着暴风雨后美丽的彩虹

曾经那个充满温馨的简陋土坯房里
传出的一声声啼哭
曾经扑在妈妈怀里的撒娇
曾经温馨港湾里
飞扬的不在调上的童谣
却写在年轻母亲脸上
多少欢笑与骄傲
那一个个画面时时在我脑海浮现

然而岁月是成长的易逝的
在一个个充满不忍的
抉择与挑战的旅程中
你我感知了世间的冷暖
尝遍了甘醇与辛酸
但愿你我学会面对
学会成长
学会珍惜

的确
光阴如梭
岁月如歌
时光荏苒
转眼即逝
在这瞬息万变的世界里
让我们把握每一个美好瞬间
不留遗憾地追逐梦想
让阳光尽染每分每秒

心路

泥潭中挣扎的他
努力地睁开噙满泪水的双眼
仰望天空
企盼能划过来一颗救星
哪怕是一点儿微弱的光明
怎奈一片乌云
遮住了期盼的眼睛

心底的呐喊声
数千次地
徘徊在等待与奋起的字眼儿中

人生的路啊在心中
选择沉沦还是继续前行
低迷的心思尽快兑换成燃起的火种
愿足下的诗行拥有美好的意境

冥想千遍不及竭力一纵
风在为你鼓劲儿
云在对你的考量中

鲁迅的睿语
无不扎根在强者的心坎上
路伴随着心胸在伸展
加油
生活不全是灰色
跳出泥潭的勇气
会在心想事成的音符中
注入新的灵魂
成就新的生命

云衣雪

云衣雪，本名蔡慧娇，湖南人，现居广州。

仓促的落款

月光，拾级而上
铜环上的深绿
叩不开春天的门
露珠应声而下
冷了人心

一页页素笺
沿着藤蔓寄出
或枯或黄
在季节深处
寻红尘中的
萧瑟与远

雾正升起
我茫然在岁月之外
风中的发
被一片乡愁染白
当思念慢慢变老

墙角的野花
收集落日余温
以此证明
一切生命
都曾被温柔对待

天空里的云落了下来
落在水岸的芦苇上
靠近些，再靠近些
当雨水把莽莽青山
染上轻霜
你看
念与不念
想与不想
都到了岁末
懂与不懂
都用白头偕老的誓言
成为一生仓促的落款

爱过不哭

爱过
晨曦抚照下的幽暗森林
朦胧的深绿波浪
用杜鹃的鸣叫
催眠暗黑的夜
风一阵一阵吹过
停驻在暮色沉沉中
说你走了
透着暗淡的光线
藏身在一片孤云的背后
用落日余晖温着哀恸
排遣芳草和鲜花的贫乏
雨后的光阴，微微地落在草叶上

生出微凉的小水珠清澈明亮
是不曾哭泣
我默念着这清新的一切
在寸草不生的荒原
献出被世人称赞的真挚的怜悯
从心底翻出久远的记忆
细碎的风贴着墙角
委顿成额间的一片苍茫
爱过
是青青浮萍的漂泊
是袅袅炊烟的无声
是踽踽独行的无悔
风雨中的落叶此刻如我忍住不哭

无题

半夜时分
用月光引诱一盅酒
来哀悼石阶上的青苔
关于回忆，关于沉默
关于逝去的希望
交由黑暗审判
作往日祈祷
绿荫映入我忧伤的眼中
有雨幕挡住了波光
这尘世的不死
仅仅是专横的灵魂不停坠落
一朵带雨的梨花，凋零
委身尘土

这温柔的坟茔
配得上苍白的面容
很美
或许
我所想的只是
远处雪山顶上的一轮新月
或许
我所想的只是
黄昏中一抹深浓的病态潮红
请让我继续
右手握着欲望
左手握着痛苦
分割昼与夜的孤寂

张翼敏

张翼敏，字冷羽，笔名火烛同花。辽宁沈阳人，中国共产党党员。在全国诗词、文学大赛中多次获奖。

四季雨韵·牵梦而行

春雨

牵着你柔软的手
走进春天梦的诗行
带着无限生机与希望
在我没留意的刹那
悄悄用那把钥匙
打开了春之韵的心房
用多情的色彩
剪裁出最美的霓裳
你将储存的绚丽
涂抹满树梨花的洁白
桃花羞红了俏脸
油菜花溢出满眼鹅黄
玉兰穿起紫色披风
芍药身着玫红的盛装
杨柳青青满园翠
茵茵旷野神采飞扬

你令子夜心神荡漾
常在入梦的温润中徜徉
轻声呼唤城乡的乳名

为春姑娘梳理出嫁的美妆
在彩虹初现的雨后
萌动的激情肆意奔放
用生命破开干涸的土壤
涅槃重生盎然生长

夏雨

牵着你风骨的手
走进阳光普照的田园
在干渴燃烧的岁月
以珠泪赋予人间清凉
多变的情绪宛若孩儿脸
引来乌云翻滚雷声怨
你在荷塘里泛起涟漪
撒泼打滚儿对着蜂蝶呼喊
绿叶滴翠蛙声连连
你用青涩的汁液
喂养了垂挂果实的贪婪
芸豆荚排队悬挂架前
葡萄如珠宝翡翠
苹果露出青春的笑颜

那绽放的第一朵碧莲
你用深情挥毫泼墨
眼前的所有物象
凝聚成一首吟诵的诗篇
摇头摆尾的锦鲤
定格在此刻唯美的画卷
滴滴雨露已然滑落
流进过客辛勤耕耘的心田

秋雨

牵着你自信的手
走进早晚凉薄的风中
拾起满地的金黄
丰收的稻谷高昂着头
农家小院欢歌笑语
夹杂着广场舞的鼓点儿
北雁开始成群结队
晨寂的山峦悲鸣呜咽
叶子离开大树的痛
纵有千般不舍的柔情
西北风搂着你纤细的腰
敲击着尘封的窗棂
一声声美好的祝福语
蓦然惊扰了一帘幽梦
满目苍翠颜色远行
只有枫叶耀眼的鲜红

中秋的月亮悬挂高空
月光皎洁漂染着橘黄纷呈
缤纷的落叶交头接耳
让丰硕熏染上桂花的香浓

叶子的旋律在风中婉转
成熟的果实挂满枝头
我和你一起林间漫步
聆听美妙歌声缠绵的厚重

冬雨

牵着你神奇的手
走进四季轮回的诗中
气温骤降凛冽寒风
你却变幻着千姿百态
在天空凝成雪花
飘飘洒洒体态轻盈
披在山川的枝条
拥抱着阡陌与乡情
赋予世界洁白与静谧
还人间正义的公平
烟火里袅袅婷婷的倩影
有你行走江湖的萍踪
用特有的坚韧果敢
氤氲了园林景致的梅红
给予我信心跨越逆境
迎接未来期许的幸福人生
岁月匆匆宛如梦
每一季的雨都蕴含晶莹
你是红尘潇洒的过客
将深深浅浅的足迹
印在光阴荏苒的故事中
笔尖浸润文字彩墨
留给人们无尽的遐想
雨润四季，牵梦而行

宗南

宗南，本名孙凌。男，云南泸西人，爱好传统文学。作品散见于海西文学网、《青海湖诗报》。

打包一份红霞上路

夏阳西下渐生凉意

红霞浸漫美不胜收

似乎在给不能重写的结局

留最后一丝体面

漫漫长路终有归处

能触景生情也是一种幸福

思念之余莫回首

你我本就是这人间客

闲来听花落

时光流逝岁月沉淀

一转眼

便是一个光阴的故事

无须踌躇无须唏嘘

目光所及皆为前路

一念春风起

一念故人来

故里有风来

晚风使了坏　在深秋时节

浅浅撕开薄若蝉翼的伪装

撇下几片瑟瑟枯叶

嘲弄着落单的候鸟

仰望瘦了身的弯月

徒劳挥动翅膀

把路灯下的背影拉得老长

忙碌　成了脱口而出的谎言

习得一身江湖迂腐

心中难免生出几分自责

月亮有些西沉

周遭静寂　除了夜游的魂

时岁最是经不起细数

一数　就落了队伍

故人不知初

风生

猝不及防一缕清愁盈袖

兜了个转儿

带着候鸟等不及的思愁

透过手掌的脉络安抚了满身颓败

原来

家　是风来的源头

归雁

秋意浓得有些腻人
南飞的一字横雁
在天幕写下道别的语句
我拾掇了半根翎羽
心中衍生诸多"龌龊"
心中隐隐不安

年轻人的想法
似乎太过幼稚
和夕阳面面相觑
轻浮于戏弄晚风
却怕
故里的晚星嘲笑

梦中的抚仙湖

这雨
应该是蓄谋已久
带着早秋神秘的色彩
给生命组了一场酒局
雨很无力
无力在清灵的湖面
荡起丝缕涟漪
岸边的过客
病恹恹地顾影自怜
嘲笑那不甘的笑脸

古泉旁的老树
依旧和湖水打情骂俏
许多年前
背靠它的少年少女
诉说相思的情话

仅仅是它窄窄一段年轮
只要记得泉水很甜
湖水欢跃
那停摆片刻的记忆碎片
无伤大雅

树尖尖的叶儿
顶着娇羞的红颜
飘然入水　已然自渡
对岸　和着静默的秋笙
是一首情歌

岸边的人已经入局
而路上人迟迟不至
空留清风细雨
伴着落寂酒香
弥漫在梦中的抚仙湖

宗周

宗周，本名万志忠。男，汉族。退伍军人，中国共产党党员。酷爱诗词歌赋、散文、杂文。

漫步雨中

漫步人生路
谁不错几步
阴雨连绵的天气
哥们儿三五成群
为了一个共同的目标
家事国事天下事

天空中的脸势
使人观此凋朱颜
谈人生，谈理想
谈行情，谈前途
总不忘初心
讨论的主题
无非春夏秋冬来回更替
谁又能左右这低迷的径向
三年疫情
又有谁不希望经济复苏

漫步雨中
我们彼此勉励
砥砺前行
这叫逆风翻盘

纵观全局
不是雨的错
更不是风的错
而是我们的步伐
还没能更大一步迈进
静观世界风云
风景唯独这边好
雨中漫步
我们格局为先
忧国忧民
我们
初心使命勇担当

鸣沙山月牙泉

鸣沙山下 月牙泉边

熙熙攘攘的人群中 来来往往的人流中

你上我下格外热闹 你出我入礼让先贤

帅男靓女 文人墨客

疲乏之中略带乐观 精神饱满啧啧称赞

心里装满了好奇 胸有成竹

抓一把沙粒 提笔立马书写

指间轻泻 月牙神泉

一幅浪漫的情侣画卷 王者风范

紫丁花儿绽放花蕾 海棠花儿夺目依旧

暗示彼此的幸福甜蜜 共祝国泰民安

榆钱熟了

在这万物复苏的 多了很多陌生的同伴

季节里 工人在上班

我们步入田野 农民在耕耘

踏青赏花 各行各业的人民

绿茵茵的草地上 都正式进入了为生计奋斗的行列

多了许多可爱的小动物 放眼望去

花丛中的小蜜蜂 祖国的大好河山

来来往往 春意盎然

甚是忙碌 究其原因

曾经热闹的公园里 榆钱熟了

少了很多熟悉的面孔

车水马龙中

黄美如

黄美如，女，毕业于江西师范大学汉语言文学专业，喜爱文学。江西省抚州市诗词学会会员，江西省抚州市宜黄县诗词楹联学会副会长兼秘书长。作品散见于《青海湖诗报》。

如果有来生

如果有来生，我愿时光倒流
弥补那错过的温柔与守候
今生的遗憾如星辰繁多
愿来生与你，一一抚平心头

若梦回初见，桃花依旧盛开
我愿与你，共赏那花开花败
未曾诉说的爱意深如海
来生愿与你，共绘一幅情长画卷

那些未完的诺言与誓言
在来生，定要实现
不再让时光匆匆擦肩

与你相守，直至永恒

若有来生
愿与你重逢在最初的路口
不再让思念在风中飘零无依
今生错过的温暖与怀抱
来生，定要紧紧相拥，不再放手

红尘纷扰，情路漫长
愿来生与你，携手共度每一个春秋
把今生的遗憾都补上
让我们的爱
如星辰般闪耀，直至永远

眼眸春深处

春风轻拂你的眼眸
波光粼粼，似湖水悠悠
那一抹绿意
在瞳孔中绽放，如新生柳

眼中的星河璀璨
诉说着千年的秘密
宇宙之大，星河之广
皆藏在你那深深的眼底

星光下的微笑
似月光轻洒，皎洁无瑕
那一丝温柔
像春天的风，轻抚我的心弦

你的眼眸，是诗的源泉
藏着世间最美的诗篇
我在其中寻找答案
却发现了更深的爱恋

你眼中的世界
是我渴望探索的未知
我愿意成为那风
轻轻吹过你眼角的笑意

眼眸春深处，爱意正浓
如同春日的花朵，娇艳欲滴
你是我生命中的诗
是我眼中最美的风景

刘冰鉴

刘冰鉴，女，中国邮政作家协会会员，湖南省作家协会会员。已出版诗集《冰心可鉴》，散文诗集《与时光书》，散文集《我的青春从五十岁开始》《放下世间事与君同看花》《时光深处的村庄》。

七月重

雨带来的苍茫
都要大地承担
依然有人高枕无忧
依然有人拒绝长大

向日葵倒在烂泥里
活不了啦
焦虑说多了
连自己都不相信了

年轻人连爱都不会谈
还谈什么未来
不如远走高飞
自己解围

画面再大
也不够表现所有
贪心的你呀
怎么可能回到孩童的故乡

猫都藏到哪里去了呢

小鸡崽儿活得过雨的泛滥吗

双标不是罪，是现实所迫
我很久没有做梦了
也好像记不起回老屋的路了

你看那水中娇艳的花

雨下了好多天
心里长的霉气怎么烘干

廊下枯坐
抬头
雨中花依然倔强地开着
我向它们致敬

行注目礼
想起很多人
当然
把你也重新想了一遍

一只喜鹊"喳喳"

从半空飞回自己的巢
雨中也有虫子吗
巢里也有雏儿候食吗

一只母猫带着四只奶猫
赖在我家不走
估计是我家橘猫的孩子
每天给它们吃的
却从不让我亲近
我家的橘猫倒是大方
从不在意它们侵占自己的地盘
好吃好喝好睡都谦让
动物都合家团圆

我家什么时候有好事进
不到千里之外
怎彻底清空胃里的淤泥
不与沙漠亲密联姻
骆驼怎肯固守绿洲
不在雨中奔跑
怎牵得到天边的彩虹

玫瑰献给爱情
向日葵献给天空
百日菊献给挚诚的人
我拿什么奉献给你
我的远方，我的田野

花开向阳

他们从春天出发
鲜有人记录沿途的风景

你是个例外
每日清晨朝向东方的
注目礼从不间断
我能通过风向判断你的心情

是的
没有一日不思量
没有一日不扪心叩问
作为战神化身的你
实在不该承载太多的负担

再老一些的时候，你

还能从万人中认出
当年的那个美人吗
没错
盛夏会给秋天无条件兜底
金光加身的你
若是遇见一朵向阳的花
笑一个吧，再笑一个
还像当初一样

又过了这多年
我长成你叮嘱的样子了吗
也只有在每日的分行里
我才肯自在地，站在路口
伸开双手
迎大风深处传来的马蹄声

盛世繁花

今天，你可以做一个宝宝
被人宠爱
自己拥抱自己

繁花丛中
做个纯粹的赏花人
纸上练兵，现实操戈
做个勇敢的人

灯下思考，窗前疾书
弦外有闻时几何
音韵里流淌着不老的少年

这盛世
从不缺热闹的场景
高调泛泛而谈
暗流从未停歇

我一直坚持的悲喜
越来越晴朗的天懂得
你也从来不是局外人
偶尔沉默是对的

远方是所有人的
光阴也没额外怠慢过谁
不想长大的少年
奋斗其实也挺慷慨了

你说
除了义无反顾地践行
天真能繁殖出多少稻米
是的
我爱这花花世界
更爱周身生生不息的倔强

我要拥着你

初夏热烈地表现
我怎好扭捏
出行的奔赴
你最明了

春天一直生长在纸上
活在心上的你
每一个沮丧与激动
总让我血液澎湃

我以为
穿越远古就抵达了未来
我以为
梦中的天马行空能在现实逐一相认

轻于鸿毛地飞翔是你的理想
重过浓墨的写意是你的天真

长夜中的孤独是火种生生不息
勇敢的牧羊人把青草种在悬崖峭壁

最喜蜻蜓点水的温柔
你恋飞蛾扑火
自有清风徐来

世界之外仍在世界
苦思和冥想都不得
野心如碑
耸立与巍峨
都矮在影子里

你说
心就是用来奇思妙想的
是上天对困在人间的我们的补偿
而自由
才是轮回于时空的奋斗

而我只想活在俗世
遇见你

王信谦

王信谦，山东潍坊人。作品散见于海西文学网、《青海湖诗刊》。

天和地

天和地
是一对情人
不知为什么
不能在一起

高高的山峰
是地伸向天的手臂
伸了千万年
总想拉拉天的手
总也够不到
天，好心痛
常托风儿

扯些云衣
给山披上

轰隆隆的雷声
是天，忍不住时
大声呼唤着
地的名字

冬天到了
纷纷扬扬的鹅毛大雪
那是天给地
忙着赶絮被子

芦苇

风，越来越凉
吹黄了芦苇，吹老了秋天
摇摇晃晃，芦苇白着头
走到了冬天

不知不觉
芦花跟着雪花
学会了轻舞飞扬

凛冽无情的寒风
终于明白
为什么纤纤细细的芦苇
吹不倒
她要站着鼓励孩子们
勇敢地飞向
外面的世界

香蒲

又看香蒲
香蒲当上了妈妈
为了孩子
柔弱的身体
拚命长出了结实的茎秆
那淡淡的清香
是妈妈的味道

上次看香蒲
亭亭玉立初长成
我用北京话
朗诵了几句诗
所谓伊人,在水一方

那淡淡的清香,是初恋的味道

那年冬日看香蒲
香蒲妈妈的身体
全倒在水里
只有坚强的茎秆
根根直立

生前,妈妈给每个孩子
缝好了漂亮的小伞
孩子们
一直不舍得打开
不舍得离开妈妈

卡车和跑车人

卡车,是跑车人的搭档
相伴,一公里一公里前行
走过千山万水
不再怀疑人生
老去的岁月
给了我太多感动

卡车,是跑车人的知己
好多话,只说给你听
忘不了那个酷寒的深夜
又一次被冻醒
忘不了那次途中换备胎
正是大雪纷飞的黎明

忘不了远方归来
和家人在一起
那个温馨快乐的国庆

卡车,是跑车人的宝贝
和我的女儿一样
总爱用心呵护
打扮得精神漂亮

卡车,是跑车人的挚爱
最喜,你做客我的诗行
你,是我生命里
最耀眼的光芒

蒲耀茂

蒲耀茂，男，中国楹联学会会员，广安市诗词学会会员，广安市广安区作家协会会员。已出版诗集《蒲耀茂诗集》。

五月五忆屈原

挂艾草，插菖蒲
佩香囊，喝雄黄酒
吃粽子，赛龙舟
端午忆屈原

湘风楚韵
离骚情泪

天问咄咄，天意人事
书九章，吟九歌

投入汨罗江那刻起
时代变迁，历史嬗变
屈平灵魂沉淀
中华民族爱国精神

广安滨江仲夏夜

浪涌霞光
苍穹挂明灯
城市灯火陆续点亮
河面倒影流动珍珠似灯光

江畔聚集众多乘凉人
或散步，或立足私语

有的携小孩儿戏水
有的享受垂钓乐趣

月光与灯光交织
人们依偎滨江仲夏夜
和风拨动琴弦
伴奏水声沉吟夜之美

筑梦现代化，奋斗兰台人

承载五千年青史　　　　　　　柜中档案整齐排列
穿梭时空　　　　　　　　　　安详地盼望光顾
横贯古今　　　　　　　　　　兰台人似对待孩子般呵护它
荟萃中华文明　　　　　　　　历史原貌呈现来宾

静默在陈设架上　　　　　　　打开历朝历代密码
姿势从容低调　　　　　　　　服务现实与未来的钥匙
不张扬　　　　　　　　　　　逐梦现代化建设
略带几分神秘感　　　　　　　无私奉献，奋斗兰台

广安市博物馆

在博物馆里　　　　　　　　　川汉保路蒲殿俊
穿越时空　　　　　　　　　　邓公改革开放绘宏图
跋涉历史长河
与古人心灵交流　　　　　　　滑竿幺妹
　　　　　　　　　　　　　　连响唱清音

蜀国东部古寮城　　　　　　　蹁跹云童
忠勇寮人　　　　　　　　　　凝香书院，弦歌文庙
北宋始称广安
人才辈出扬四海　　　　　　　华蓥山下留壮史
　　　　　　　　　　　　　　渠江嘉陵奋楫谱新章

安丙平蜀难　　　　　　　　　宕渠流韵
护南海之李准　　　　　　　　今昔同辉映

我的父亲

沧桑岁月写在父亲脸上
辛苦劳作藏进心中
情感融入骨子里

父亲
出生在南充龙门

亲爷爷是私塾老师
家中子女多
亲婆婆在龙门嘉陵河边
把出生不久的父亲
送给驾船到龙门的爷爷

父亲从此
踏上远离亲生父母之路到广安

在后来婆婆爷爷家里

从小辛勤劳动
十多岁学会驾船
成为继承爷爷事业的驾长

驾船几十年
风里来，雨里去

为家中三个孩子
辛劳一生
无怨无悔

对孩子的爱
默默的
那么深沉

我读父亲
父亲在梦中微笑地看着我

文雅

文雅，本名许文雅，女，北京人。曾获百家诗词对联三等奖。爱好诗词创作。

烟笼寒水月笼沙

越过高楼
再翻过西山的夕阳
累得一头扎进了江水

暮色朦胧着
月，如新疆少女飘
然，湖上沙滩的飞鸟
各自回归丛林或远山

钢筋架上的那个他也该收工啦
晚风袭来，汗水一定寒凉
薄雾迷离我的视线

城市高楼成了我们的海岸
三间瓦房咱家的船
乡间路上眺望
等，茫茫雾散
海上生明月

题图·咏莲

醉荷莲丰
仪姿国色芳华
红颜羞涩掩碧伞
亦诗亦画

粉腮浅醉
菡萏豆蔻年华

馨香怡人四溢
蜻蜓忘我蝶迷谁家

星落池荷
倩影婆娑舞光华
莲子蜂拥睁望眼
涟漪棹月天涯

忆父亲

父亲，是每一次最敏感的称呼
如有生以来每一声的惊讶
"我的个天"相同
相似的还有山和海
我的"大马"

父亲劳作累了
无论有没有菜
都会整两盅
童年的我
不懂
只会习惯地
骑上他的脖子驾云

辛辣的酒竟然能让他微笑
高浓度的烈性
依然化作春风
他是我的海，任我开动游轮

要雨有雨，想云给云

父亲节又到了
我的心也开始疼痛
泪水早已模糊
你墙上的笑容
女儿成长到你的岁月
纵奉茅台
也见不到从前的画面

这世上
谁说天不老地不荒
此时为什么会天昏地暗
好想
那座山与海和避风港
还有那沉睡你背上的温存
爸爸，这茅台酒香吗

回家

家的呼唤在耳边轻轻回响
家的温暖始终在心间
童年，日子总是无忧无虑
家是庇护，是港湾
长大后为梦想
如影随形的思念从未停

外面的世界风雨晃影
心，收藏着家的呼喊
当思念装满归途的行囊
想象家，如初温暖
归兮朝思暮想的人啊

小城

城市的喧嚣
来自不安静的内心
拔地而起的高楼
被烟云笼罩的众生
那一片葱郁便是平静的
呼吸
有多少情难以割舍
成了我的遣怀
多少寒来暑往
铸就这里的翩若惊鸿
美丽的城

在我的心里
花一样怒放
游人如织
带不走的人文景致
和千古流传的故事
北归的风
掀起一段掠影
钱塘天下，奇景相邻
西湖美景相望
还有不倒的雷峰塔
凄美的爱情

詹坚兴

詹坚兴，笔名云海，广东人，大学本科学历，高级政工师，军转干部。中国作家网会员，广东省岭南诗社社员，广东省侨界作家联合会会员、理事，广东羊城诗社常务理事。多次在全国性诗词大赛中获奖。

在这个世界里

在这个纷繁的世界里
有什么比生命，更为重要
我看见，三江水掀起的怒潮
我听到，清风峡荡起狂飙
一个矫健身影，几帧闪过
一个灿烂笑靥，回荡凌霄

在这个多情的世界里
有什么比真情，更为宝贵
命运的长廊
记下那忧伤的点滴
隔阂的尘土

飞扬在空灵街道

在这个难忘的世界里
破碎的梦幻，装满思念泪水
不问前世的姻缘
只问谁曾想寂寞到老

啊，岁月无情地走过
花草已缀满了坟头
啊，长长的记忆
伴随着一生的祈祷

花开半夏

似春似夏，雨水满月
终见月色滴入
收起春的眷恋，任由
暖风在河塘舒展

光阴，在季节中轮回
小溪，让清泉在怀里流淌
步出闺房的荷仙
被蜻蜓盯上
随风飘逸的柳丝
也让瀑布羞颜

多情阳光
拥抱起大地的热烈
爱上花草的彩云
舞成花蝶模样
不甘落伍的晚霞，也
写下初夏温暖

回眸脚印踩过的日月
已成碎片，些许
我爱上夏凉

月的独白

我并不贪懒
在流星争艳的宇宙
跟随岁月轨迹
默默地把光泽送给人间
既多情，又多怨
却非我所愿

当您心境好时
嫦娥奔向我，妖娆浪漫
当您思念远方时
我成您闺密，聆听衷肠
当您心情悲伤时
我又成为您倾诉的对象

夜复一夜，年复一年
我总在轮回中变换
每到中秋十五
我便献出圆圆的脸蛋
与世间万物同欢

我更羡慕人间智慧
帅男美女，直抵天宫
温暖我冰冷的脸
天上人间
已成咫尺之遥
我不再孤单

心灵之光

一束微光打破黑夜沉闷
我的心底，突然开朗
一只爬行的壁虎
企图挡住光的折射
晃动的影子，露出了针尖儿

针线，穿梭起岁月的温暖
指血被印成衣领的花样
希望，隐含于无声处
目光停留在窗外的远方

一阵冷风，吹拂了油灯
我的泪珠，也滴出了光芒
爱的奉献竟是这样
在不求回报中，默默无言

岁月的车轮，磨不掉
往昔的点滴
已成古董的油灯，却
永远驻扎在我心坎

故事里的故事

在这个繁华的边缘
风挟持一片翠绿歌唱
鸟儿正交头接耳
天空轰隆一声响，惊吓
小鸟飞向远方

一道霞光流出
山顶绿树露出贪恋
梦醒的铃声，睁开

残留血丝的双眼
又是一个彻夜未眠

人生犹如一个故事，故事
伴随着岁月流淌
讲故事的，也许猜透
尘间万物的心结
听故事的，些许联想
把故事扩张

刘小梅

刘小梅，山西省忻州市代县退休职工，文学爱好者。作品散见于《雁门关》《青海湖诗刊》。

菜园

不是锄头
便是铁锹
老爸不停地戳

戳到汗水滴下去
戳到香甜长出来
戳到老腰变成弧

我以为

我以为幸福的宝宝
倘在学步，不能离开妈妈

作为最好的女儿
怎么可以
上二年级，患上肺结核

我以为世界上的妈妈
不该孩子降生时
却动弹不得，住进医院

我以为这些是一首诗
我的爱恨，和时间

七月的问候

发黄的野草
已无力在陌上招摇
篱笆墙上的牵牛花
也失去应有的风华
高粱哥哥和玉米姐姐
仅剩一点儿力气

勉强弯着腰

这哪是龙年该有的样子
也许我的埋怨老天听到
一场绵绵小雨
送来七月的问候

七月雨

媒婆，你哪儿去了
也不早点儿给上边捎个信儿

看！田里的草干枯了
篱笆墙的牵牛花
嘴唇裂了口

高粱哥哥和玉米姐姐
低下那昂起的头，弯下腰祈求
大地也张开嘴喘着粗气

你、你、你——
怎么才来临幸

七一·雁门颂

我出生在和平年代
没有体验过英雄的枪战
我生活在幸福时代
享受着英雄赐予的力量

中国历史的课本教给我
七十五年前中国航船
在狂风暴雨中劈波斩浪
今天的无数辉煌
谱写着共和国壮丽篇章
记录着"紫塞雁门"发展史

喜看家乡风景美
古老的雁门关

穿上新衣裳
新开辟的峪河源
焕发青春魅力
它们彰显名城担当

我那笨拙的笔和语言
根本描绘不出祖国大好河山
我只能用我真诚的心
歌颂家乡的味道

因为家乡的一山一水
见证了祖国的山川晴空
父老乡亲的一草一木
流露出祖国的花团锦绣

刘淑梅

刘淑梅，女，1952 年生于吉林省长春市，中国共产党党员。现居秦皇岛北戴河。吉林省民间文艺家协会会员，秦皇岛市女美术家协会理事，秦皇岛市作家协会会员，北戴河诗词学会会员。已出版诗集《梅韵》。

故乡

小时候
奶奶在河北安国的村庄
我没有去过
籍贯上写着

长大了下乡
故乡就是
小时候玩的大柳树
和伊通河的汉溪池塘

工作在长白山里建设国防
贡献了青春
燃烧的岁月
怎么能够遗忘

老了
二十多年的小岛生活
给我幸福和安详

梦里
我回到伊通河的东大桥
松嫩平原的广阔天地
白雪皑皑的
长白山脉
我睡觉的床
还是在渤海湾上

现在
我都不知道哪里是故乡

我想回家

家
是一个遥远的地方
从家里走出来
就是成年
经历了风雨霜雪

我想回家
享受一下童年
亲一下父母的脸
和兄弟姐妹一起吃饭

海与风

风
不知道什么时候
轻轻抚摸着海
海
风平浪静
海是水
风弄水
开始是嬉戏
翻脸就是
波涛汹涌

我喜欢在没有风的时候看海
也喜欢大海的怒吼
是风的推
是风的咏
我不知道
海和风
是亲密的伴侣
还是较劲儿的弟兄

桃花的家乡

美丽的北戴河是桃花乡
阳春三月
桃花如期绽放
漫山遍野粉红
满山飘着桃花的馨香
我想起了陶公的桃源

想起了李白深千尺的桃花潭
哪里都没有北戴河桃乡美
这里
桃香还和着海的波浪
我醉了
醉在姹紫嫣红的桃花乡

海棠花红

我家门前　　　　　　　　看到了我年轻的时光
有一排海棠　　　　　　　也曾经如花一样美丽
春天的季节　　　　　　　也有过这样的绽放
它开得正旺
一朵朵叽叽喳喳互不相让　我已经暮年
火红的颜色溢出枝条　　　仍然喜欢这花的岁月
把太阳张望　　　　　　　还会在花的季节里陪伴花儿成长
　　　　　　　　　　　　看花开花落
我伫立花坊　　　　　　　享地久天长

梦

小时候　　　　　　　　　长大了才知道
总想着长大　　　　　　　还是不能够
以为长大了就一切都能

樱花

樱花，本名张博。生于吉林，现居上海。作品散见于报刊和网络。

有多少月光搁浅在酒杯里

高悬着寂寞
为人世间的杯盏，注满悲欢
夜里写诗，不用文字
用白

温暖的篇章让给花草
把薄凉交给石头，并允许它沉默
赋予宝剑锋芒，带风呼啸
偶尔也替游子回一趟故乡

暧昧的情绪
一律用阴晴圆缺来补叙

并一饮而尽
醉倒于月色皎洁

青丝日渐染上白霜
长剑也生了锈斑
偶尔拿出来看看
梦游一回从前

你从风雅颂中走来
已白了几千年，优雅从容
我只是悄悄路过
其中的某一瞬间

我要拥有一个完整的黄昏

我要拥有一个完整的黄昏
跟在爱犬后面，漫无目的

蛙鸣此起彼伏，暮色朦胧
虫声细微，于青草间涌动

这熟悉的草木、花朵、河流和云霞
因一个名字

柔化成儿时妈妈给的一块糖

快乐如这水波中的涟漪
痛苦则是隐藏在身体里的一颗痣

漫无目的，如此奢侈
爱也是

雨落下的瞬间都在转身

倦鸟衔着片片暮色

寻枝可依   细雨丝丝

误入金笼，忘了天空的   敲打芭蕉的翠碧

辽阔与颜色   如时间的沙漏倒置

似天使折了羽翼   轻叩生命的底

禁不住蛇的诱惑   水中的月终是虚幻

步入殿堂，穿上华衣   缘木难求鱼

霓裳的长袖潮湿   不如归去，东篱下

再也舞不来清风习习   采一朵菊与诗韵栖居

行走于夏日清晨的田间

细雨初歇，薄雾轻笼四野

长河生烟，绿水悠闲   鸟儿拍打出世界的辽阔

偶有鱼儿跃动   淡木与远天相连

荡起层层细波，扩散

晨露晶莹于草尖   行走于夏日清晨的田间

虫声涌动于旷野   身着青裙白衫

蛙鸣遥远，天空灰蓝   木心默默记下了

东南隅泛起一抹淡粉云烟 这一刻的水墨江南

隐匿于栀子花的白

小心翼翼地收藏起所有的爱恋
就像收集起花园中所有的色彩
隐匿于栀子花的白

你知道吗？那个夜晚月色温柔
四周寂静，草木安然
河面波光潋滟，倒映着星辰点点

我穿着栀子花一样的白衬衫
拥抱从你的方向吹来的风

此刻，多想靠近你初雪般的晶莹
以水的方式
流入你开阔的胸襟和
生命中辉煌的那部分留白

空地

野外的一块空地
在阳光中沉默，孤寂而悠闲
如人生中虚度的一段时光

而它周围的麦田
正踏着风的节奏

载舞欢唱

大地允许
空旷有空旷的自由与安然
麦田有麦田的骄傲与锋芒

林枫

林枫，笔名咖啡豆，江苏苏州人。爱好诗歌、阅读，作品散见于纸刊、网络平台。

诗颂梵净山

山中太白
并不为过
众名岳之宗的嘉美
也不为过
雄伟磅礴，莫测奇诡
飘逸豪放，情韵俊朗
唯有梵净山兼备

不必说
屹立千万年
梵净的象征
蘑菇石
若经书卷卷
层层石片堆摞的万卷书
云海涌动，青冥浩荡
"霓为衣兮风为马"的
云海林涛

也不必说
山中变幻出佛影
佛光四射
犹如佛现人间
天仙桥连接金顶两庙
横跨金刀峡
传说中的定心水
就是从金刀峡
悬壁处流淌出
一线清泉
不得不赞叹
大自然莫测奇诡

一抹尘烟，烟雾缭绕
梦里梦外皆如烟
有着诗般的朦胧

柠檬绿的夏天

云遮起的阳光
不知疲倦
绿荫掩映
显现蓬勃生机的夏
雨滴落在
无尽的时间
幽径青绿一重重

沉淀了时光的街巷
半墙夏花垂地
交错迎风而动
点点花绿色染鼻
喧闹间敛着静谧

听蛙鸣虫唧声声
看夕阳照在

植物上的迷离
一切慢慢染了
浪漫之味
在柠檬绿的夏日
叙说光阴故事

虞山之畔的
尚湖青荷
亭立于微波碧水间
望山而静
望云而动
那动静交替的青绿
唯美了岁月
温柔了时光
阅一抹青绿
期一世静好

一刻钟

我与初夏
缠了一波绿水
握不住余晖的手
却抓住了一缕薄荷香的清冽

转瞬之间
仿佛只有一刻钟
那般短暂
梅雨季节接踵而至

经久的跫音
踩着雨的韵脚
一位身着白色裙的姑娘
撑着油纸伞
走在飘着白兰花的小巷中
掀开一帘烟雨
伴依一方水湄
在江南雨巷间
徜徉……

当归

灯火星星
人声杳杳
划破寂静的长空
心愿，滑落在你的耳畔

有时候
能回到从前
却回不了当初

乌云蔽月
人烟罕见
说不出如斯孤独

在流年里
等待花开花落
处纷芜中

静养心平气和
最终被那一幕
江南烟雨
覆盖了市井
繁华落尽
依然是
无声的期盼

就像在我心中
你从未离开
也没有变化

我还在原地
用等待和寂寞
绘一张相思的图
等你

欣宇

欣宇，本名张建国。作品散见于《青海湖诗报》《青海湖诗刊》《锡林郭勒日报》《青年文学家》。

青海湖，我来过

壮美青海湖，我来过
碧水湛蓝，天空繁星点点
这里有我熟悉的
马头琴悠扬旋律
循芳草清香
走进家乡一样气息的祁连山草原

诗意青海湖，我来过
不只因为看到
一个叫小汐的阳光女孩儿
在这里打马而歌
我还听到
冰山雪莲开花的声音
那是

远山厚厚积雪萌发生机的开始

夏日青海湖，我来过
最庆幸的
是在幽暗里遇上星光熠熠的明月
银辉摇曳照亮我迷茫不眠的长夜
渺渺青海湖
包容照亮了天空颜色里的全部

魅力青海湖，我们来了
在这雪域高原浓荫日长的早晨
纵情在海西文学网里徜徉
遵从梦中天使的召唤
捧虔诚的心愿期待你的相遇和引领

思念家乡草原

有月挂在烟雨江南的柳树梢
最适合思念北方的大草原
它像绿色海洋一样
碧波为我荡漾

落日余晖里牛羊列队归来
它们已习惯了惬意黄昏的自由

我也急切地打开记忆的大门
温馨灌满我思念的沃野

我要跨越山山水水
故土情深弥漫草原清香

时光老了我就回去，回去
家乡疯长，锡林郭勒草长莺飞

雪夜，为你温一盏酒

今夜，又是雪花飘飘
等待，习惯地为你温一盏酒

那年大雪深夜南去不归的你
记不记得
毡包里，用长生天名义许下的诺言
还有分别时
紧锁的眉头和失血的嘴唇

年年这个夜晚次次提灯寻看
只有明月孤悬和大片大片的空旷
昔日说好的天长地久
如今就像茫茫的雪地一样苍白

箱底放养一对思念的杯子
陪你饮，闻闻就醉意泛晕的女儿红
侧耳聆听村头的风铃
常常错把路人看成了那个身影

乌鸦嘴吐不出一个吉祥的词语
选择交给长城南的燕山
思念留在北方的草原
斯琴塔娜的书柜里
多了一扎一扎翻烂的书笺

今夜，写首召唤的情诗
温一盏酒
守望的灯为北京的你亮起

夏日弦音

晚风掀开记忆小窗
没有缘由地失落
重走在曾经一起走过的路
在有你的画面里打理我的时间

小黑河的流水声
响着节拍附和我此时的思绪
身子有点儿颤抖
是夜的冷，还是想到了校园的温柔

花季七月一个回眸中远去
连同伤感的毕业典礼
消失在如烟雨般朦胧的视线里
让身影扎根在心灵深处

额尔古纳河畔弹奏吉他
无数次任它流淌出丝一般的心弦
夏日涟漪里回荡的声音
只有我听见

爱心小屋

对于村口的这棵大树而言
木制小房是一种风景

与那些没有鸟窝的树木相比
这多出来的方正一笔
把一棵树的一生
装扮描绘得有声有色

寒冷的树林
几只无家可归的小鸟
路边天空低飞

入住村民搭建的爱心鸟巢过冬

它们居高临下的样子
注视着村里顽皮的儿童
叽喳嬉闹在有暖窝的树枝上
开心炫耀鸣叫

美丽的山村
一树鸟叫就是一片生机
这个人鸟和谐的冬天充满了温情

飞雅

飞雅，本名谢华，江苏人。作品散见于《三角洲·诗歌》《中国女子诗刊》《2023 樊湖·中国诗歌年选》《惟你是光》。

一张白纸

一直存在于角落
也曾起笔，试图涂鸦成向日葵
也曾挥毫，临摹一季山水

妄想给天马行空一次机会
上演一幕独一无二的剧

只围绕自由，无关悲喜

终究太闹
演员和看客仿佛都不适合我
也许只能做一个旁白
固守，最后一刻的狂草

我总是不知所措

从未预演过割舍
甚至没有合适的词去诠释空白
就开启了决断

被时光碾过的人，眼神是闪烁的
低下头保留最后一点儿尊严
卷起铺盖时萧瑟的一幕
落进这个冬天的风口，结成冰

我明白
你无法承受失去饭碗的恐慌
正如我一边割肉一边负重前行
如果有一个容器可以装下相安
我愿意折了半边翅膀，为你们护航

还没有脱落的叶子，继续
在寒风中窘迫，听枯瘦的老树叹息
春天太遥远，暂时回不去了

若月亮还没来

有些等待
即将溢出黑夜的缺口

没有风
没有蛙鸣再唤开那朵莲

如果来得及
给时光一个搁浅的茶歇
给黑暗一炷香的星火

在越陷越深的黑暗里
看她如何借助零碎的星火涅槃

最难将息

前院栽下几棵山茶之后
每次回家都多了几分安心

犹如此刻
我正翻阅一段意味清雅的文字
几案的茶 45℃
禅香是崖柏的味道
一切都恰好安然

天空总是多变的
向晚刮起的风,遮住前路
云翳龇出獠牙

我裹紧身子,缩进夜
缩进一堆毫无意义的颜色
直达破晓

选择

你应该饿了吧
我递给你一块蛋糕
你一边大口咽吞
一边盯着我手里的最后一块

这场戏我们还要演多久
我演技不佳,无法接住
你随意更改的台词

纵有不甘,我也一直收起锋芒
三十度躬身,退避时间的暗角
对你,坚守着最后的善良

若山水还有相逢
我会隔着一条门缝儿
看你,看山海

请给她一点儿能量

再见她时，她已褪去青涩
也丢失了水分，还矮了一截
日子将她磋磨成一段瘫软的蜡烛

不懂怎么宽慰她
我给她带来一束向日葵

我想，她更需要的是阳光吧

如果某天，她能再次成长

我愿意站成一株向日葵
把吸纳的光，都奉献给她

一棵树的冥想

腰身，又向上挺了挺
足够把脉那朵云的走向

云淡风轻后
我再次将那些潮湿的心事
都自控在木质结构的内心深处

鸟来了，鸟走了
寄居的蝉，演奏完这场夏天
也该沉睡了

我没有选择，不管扛过几场风雨
只能在原地等你

贾立新

贾立新，男，汉族。喜欢诗词创作，曾获2023年北京墨海书画院和诗书画文化艺术网共同举办的第七届当代全国文学大赛状元奖。

嫉妒

夏至，绿色铺天盖地
骄阳，烤蒸着热气
沙尘，是嫉妒还是生气
狂风，也给黄沙助力
瞬间，弥漫了整个城市

绿色，被黄沙侵蚀
黄沙，暂时占了优势
夏天，绿色是主旋律
她借夏季风的甘露
荡涤所有污泥浊水充满勃勃生机

雁归

嘎嘎雁声碧空荡
仰望天空排成行

她唤醒了沉闷一冬的心房
她带着南方的绿色北上
让温暖在北国芬芳
她扶老携幼形影不离

抵着蒙古高原风沙的猖狂
把五彩斑斓播种远方

历经春夏秋的洗礼
她的羽毛丰满了　儿女成才了
怀揣着新的希望在蓝天上高翔

阴雨·清明

每年这一天
阴云和小雨相伴
天地共鸣，人天合一
乌云漫漫，小雨绵绵

掀翻思恋闸船
泪水与雨丝相连
前世今生心的团圆

一位警察妻子的梦

夜深了
我呆坐在你的遗像前
儿子已进入了梦乡
今天
你已离开我整整一年
是多么漫长又是多么短暂
漫长短暂的一年你竟无情地
不在我梦中浮现
望着你的遗像泪水模糊了双眼
抚摸着你穿过的警服
戴过的警帽，泪水浸湿衣衫
望着望着我蒙眬地进入梦中
你的画卷呈现在我的眼前
咱俩经红娘介绍第一次见面
你高大的身躯穿着藏蓝色的警服
庄重而深情的微笑温暖了我的心田
可你和我谈恋爱没有时间
匆匆见面我记得只有几次
婚礼盛典当天说好
一起度过人生最美好浪漫的夜晚
可是派出所所长的电话
呼唤你奔向解救人质的一线
我整整一夜泪水洗面
心随你飞向了生与死前沿
多少个日日夜夜
我的心跟着你的节奏旋转

儿子出生当晚你来到了产床前
我望着你消瘦的脸庞
和孩子稚嫩的小脸
我好想让你改行陪在我和孩子身边
你坚韧不拔的目光使我欲言又止
看着你远去的背影
爱化作坚定的誓言
我支持你
为了人民平安我愿把一切奉献
一年前的今天
你把儿子送到了校园
飞快地赶往刑警队上班
不好，毒贩逃跑了，快追
你箭一般跑在最前
奋不顾身抓住了毒贩
凶狠的毒贩用尖刀刺入你的胸口
你用最后一口气制服了毒贩
却永远和我、儿子阴阳绝断

妈妈，你哭什么
儿子的叫声打断了我的梦
我和儿子依偎在一起哭了一个晚上
清晨，我送儿子到学校门前
我身着崭新的警服跨入了派出所
我和你一起战斗，直到永远……

黄河冬凌

也许自然更喜欢
流通
也许秋风太依恋
流水
也许小寒后的暖阳还留恋
北方
严冬的黄河依然
波涛汹涌
为数不多凝结着
黄沙的冰块儿像水晶
随波荡漾
拉开了初冬黄河
独有的美丽画卷
黄水晶在阳光下
闪着耀眼的光芒
默默接受伟岸的
检阅
她时而交臂相拥
时而被激流冲散
忽隐忽现随波漂向远方
时不时还要顶牛
发出咯嘣的声响
仿佛要与冬季

抗衡
又仿佛是能量的
永恒
望着一块块随波而去的
黄水晶
我的心也在黄河中
飞翔
转眼到了大寒
我徒步到了黄河
冰冻的中央
无数小水晶凝结
成了无法估量的
大水晶
她聚集了天上之水的力量
她包容了风沙肆虐的猖狂
她把若即若离的爱
融为一体
成为永恒
她等待着春风
借春天的阳光
涌向海洋
飞向苍穹

蓝天高远

蓝天高远，本名冯海田，男，山东日照人。作品见于《青海湖诗刊》。

冷

如果冷是一个标签
我愿献出飞羽
冻结所有思想
栖息在故乡的小溪
嬉戏童年时光

激情摇不醒炙热的迷离
吹风的秋波
起伏不过一树蝉鸣

那掠过众荷的雨
晕染腮红的涟漪

只是一场路过
盈盈之目渐渐雨
裙摆任由风舞
听闻深处鸳鸯私语
什么，什么，半掩半捂

偶然

不想拿雪说事
因为太纯洁
也不选云
因为太飘忽不定
这一袭长裙的眼神
囚禁了我心

你装裱的水珠
和忧伤的泪
是我踱步深巷的黄昏
那飘落的红花
那轻柔的音乐
让我怎舍
不复前进

装模作样

你从快手走来，非常清纯
我信了
初夏火热了唇
你信了，春又来

他来了，很青梅
你说。他信了，那是前世的缘
你，我，他，装模作样
形式，两面。一方唱罢，一方登台

夜很虚，却未改黑的模样
路灯交叉了很多路口
四面八方的信仰，都说路灯

日很肥，忙忙碌碌八小时内外
盘点时只有那杯茶，真实
日日夜夜，笑眯眯
爱爱恨恨装模作样

低语

天空如洗
从天籁中的那片蛙声开始
冉冉，缕缕遐思
盘头，低胸的花衣
我不能错过这场美丽

借来的花容，也应珍惜
落瓣飞舞，忧伤满地
多少低语的哭泣

更有你私语来的那些过火的痴迷

这不该是生活的样子
星河轻漾
玄妙着尘世喧嚣

默契一场雨
长巷里我和你
似遇，非遇

夏日

空气中弥漫着焦躁和止不住的疯狂
搞笑、喊唱和肆无忌惮的荒唐
所有的绿色，慌里慌张
你的淡妆，是一丝清凉

裁剪岁月里一段连续的时光
编辑一夜封神的希望
人从众

千方百计追流量

夏日炎热了你
我摇曳你的目光
寻找一片云，安详
孤独瞬间高涨
你的腰肢
让我遇见，不一样的希望

偷心

竹叶太稀疏，宽松了素裙
侧目的梦被夜幕笼罩
心事悄无声息抄小径而飞
被你俘虏的曾经，不回头

你轻描淡写地偷走我的心
又装模作样一问再问
绿纱裙，轻捋淡淡一缕青丝
羞红一怀春，你可知

将就乱了的分寸
遗漏一些逗点
吞吞吐吐，恰好读不出来

夜好坏
拎我到月色朦胧的床前
你却不来

牧童

牧童，本名王继兴。中国散文学会会员，中国诗歌学会会员，山东省临沂市作家协会会员。代表作有诗歌《胎记》《沉默的石头》《手掌》《黄杨木戳》《冠山诗草》，散文《乔安娜》。

你好，忧愁

这个秋天保持奔跑的姿势
一条狗尾巴上粘满苍耳
活马身上长出青草
梦中看到父亲脸上
奔腾着一条明亮的河流

你曾忧郁地坐在我身边看云
你说云是有骨头的风
此时我正在很小的村子里想念你

而你在冠山来信说
你现在快乐得　像
一串饱满的野葡萄
屋前的溪水　在夜里
像一只跳跃的瞪羚

趁黎明还没到来
你要把写给我的日记藏好

百年孤独

秋风萧瑟，洪波涌起，黄叶飞舞
冠山寺前的两尊石狮
由于受不了这百年孤独
纵身跳下万丈悬崖

九龙壁上的龙们，已经
忍受不了青苔、蝙蝠、铭文
以及那一片片虚假和干燥的云

它们实在太渴了。于是
在一声炸雷中破壁而出
潜入西江优哉游哉

诸神在天上见此，纷纷
唱个大喏：无量天尊
散了吧散了吧都过去这些世纪了
诸位也没听到过凤鸣岐山

来吧，伙计

朋友到冠山来吧
我的柴门永远为你虚掩着
连绵的细雨把冠山　都
滋润成一幅王维的山水画了

黄昏雨晴　辉煌的落日
把冠山顶映照成金顶
宛如一尊庄严的大佛
俯视着芸芸众生

夜里偶尔能听到僧人诵经
以及松果掉落的声音
整座山此时显得如此空旷寂静
仿佛能看见自己的灵魂

来吧朋友老山茶已为你沏好
待你来后我们可以和从前一样
聊聊晚唐的诗歌　聊聊苏小小以及
董小苑　聊聊海明威　聂鲁达
聊聊青春　爱情　梦的破灭
聊聊马　火焰　毁灭　毕加索　然后
喝个一醉方休相拥而泣
酒醒了装作什么都没发生

呵呵
月色中的冠山真是美轮美奂

一直摇晃

浩瀚的银河摇晃　然后
冠山　麦田开始摇晃
紧接着向日葵　鸢尾花摇晃
海上的桅杆更加摇晃

烛影和梦摇晃

母亲悲伤的影子摇晃
眩晕的我开始试图把
一切摇晃固定住
终究徒劳　最后发现原来
我的诗句我的灵魂一直在
剧烈的摇晃中

黑骏马

须在一杯烈酒　以及
绝对孤独的点燃下
我那匹矫健的黑骏马
才可能从虚无中以瀑布一样的姿势
兴奋地打着响鼻
向我亲密地抵近
鬃毛上闪烁着星星一样的汗滴

我激动地问它
今夜咱到哪里去呢伙计
它的眼睛会说话啊
它说　今夜我要带你到冠山
听乌桕树叶子的尖叫
到大草原上观看河流与鲜花的葬礼
到耶路撒冷听殉道者的哭泣
然后到沭河边的禅院驻足
听听疫情和尘烟之外的声音

跑累了我们就到你的
忧伤和眼泪中逗留
或者到你的诗集里
徜徉　陶醉　休憩

天亮了　梦醒了　我依然能听到
黑骏马远遁的嘹亮的蹄音

金以茉

古镇

每个山头
都学会了换汤不换药的伎俩

他们擅长将青石板斧凿出年代感
去蒙蔽每一个异乡的脚印

只有实诚的摇桨人，从不冒犯河流
每一粒汗都用来祭奠逝水

很多时候，小巷也会拒绝虚华
带着年少的素颜向我走来

只是黑瓦上的青苔
与一些妖娆的女子一样
都急于奔赴各自的春天

活水

若说河道很窄
但又容得下一叶掉头的水歌
若说水域很长
却弹指间攥紧了彼岸

饥渴的涟漪，泛起了七月的腐朽
端坐于断崖处的诗人们
把一只只分割时空的水鸟
写进滑行的水面

万物生

七月，绿意过度蔓延时
他收回铺张的脚步

他知道，只有站成一棵树
脚下的大地才是属于自己的原野

之后，地面上所有的草木
都是他的宗亲。一些根须板结
一些藤蔓借势向高处衍生

唯有过路的人，会放下陌生的脚步
交出一个踏实的拥抱

离别

意识到雨季靠近时
我已为潮湿的屋檐备下很多柴火

我将以安然的姿态
去面对一树繁花在风中抖尽疲惫
让离别的分量变得轻一些

看来，我们这一场溃疡似的谢幕

也只能用一阵风去署名了

后来，我不再打听黎明
也不打听你

没有月光的夜
便学着去靠近炉子
我知道，炭火有着比你更可靠的暖

其实我想说

挥霍无度。所有的玫瑰提前凋零
都是源自爱情过度怒放
遗留的副作用

我想说，年少时的那段漏雨屋檐
又或者那些青涩的黄昏
我们欲言又止的呼吸

也是一段好光景
慢慢地
彼此都学会了沉默
也学会摒弃蝉噪

但临近中年那些时急时缓的念头
又一次把我们
隔断在远方的十月

自由地写诗

遇见心仪的瓶子
水也是懂得克制冰冷的
她以爱的方式
箍紧一枝玫瑰的腰肢进行书写

纵然徒手扎进野蛮的刺
内心的动词

也执意坚守
对烈火的幻想

安静的日子并不多
来不及洞悉，花开的意义
我们只管尽情书写
骨头深处，淬火的自由

失眠人

路不是路
是漂泊者甩在身后的光阴

雪不是雪
是揽尽荒野的颜容

有些物是人非
之于凛冽，是在捍卫信仰

我，始终是我
清醒着
却陷入了冬夜这无垠的旋涡

人海

冬令时的白天愈发急促
黑夜便显得落落大方

一些影子被月光私藏
一些影子被楼宇豢养
他们都衣容华贵，献媚于生活

某些影子
顶着风，蹲守结疤的路口
在黑暗中谬想暖阳

而我的影子，正轻轻放下自己
把拽不住的风，放回人群中

流落荒漠的风

流落荒漠的风，本名黄峰，陕西商洛人。喜欢用简洁朴实的文字记录生活中的喜怒哀乐。

一个建筑工人的自白

总想为自己做一次自白
就在刚刚沦落于汗水
换就药水里暗自祈祷的自己
日头正烈
钢板铁架化身一副副刑具
囚禁着钢筋水泥里的佝偻身躯
这，是最听话最廉价的生活奴隶

请不要嘲笑我吃饭如同饿狼
请不要惊骇我喝水更胜牛饮
当拖着满身疲惫爬上公交车的时候
你的不掩鼻便是对我最大的安慰
朋友啊
我的每一滴血汗
都浸落于这片土地
生活
始终没有放弃

天边飘过一片幽云
是否带来故乡的消息

是的
夜里我关掉了手机
总害怕它在夜半响起
亲人啊
不是我贪睡
陌生的夜晚
我常常失眠到天明

看吧
城市的霓虹
不是为了照亮黑夜
只是方便伪装灵魂
夜风啊
你歇歇吧
曾经你吹给我希望的梦
现在你吹不走我满身病痛
今夜
你是过客
我们只是再次相逢

夜半归来的人

又到了属于自己的时间
当十七号路灯下的蛐蛐叫得正欢
伪装如同刚刚撕下的日历
只有黑夜知道它们藏在哪里
走一走吧
毕竟
此时只有我自己

故乡在很远的地方
想必时下很安静
爸妈一定睡得很香甜
晚饭时
我打电话向他们报了平安
他们告诉我
最近日子很悠闲

妻子在微信里说
猪肉涨价了

蔬菜倒是很鲜嫩
女儿明天要考试
这次她准备得挺充分
家里一切都好
她道
无须挂心

原来
夜半这么美
朗朗长空满天星辰
石榴树吞咽露水
柳条轻抚流云
飞蛾路灯纠缠不清
嗯
还有一个傻瓜
正用六亲不认的步伐
走向天明

涵仔的礼物

涵仔一岁时
送了我一件礼物
她清脆的笑声
抚慰了许多没有月光的晚上

涵仔三岁时
送了我一件礼物
她脖子上的一个挂件
上面雕着一轮月亮

涵仔五岁时
送了我一件礼物
是她第一次做的手工小船
船身一片金黄

涵仔七岁时
送了我一件礼物

她给我端来了一盆洗脚水
水里映照着月亮

涵仔九岁时
送了我一件礼物
一张"学习标兵"的奖状
她把名字改成月亮

涵仔十一岁时
送了我一件礼物
一封稚嫩深情的信
信的落款画了一个大大的月亮

涵仔说，等她长大了
每年都会送我礼物
每一个礼物都有月亮

站在十三层楼顶给自己画像

站在十三层楼顶给自己画像
首先画一双眼睛
从清澈到浑黄
从天真到哀伤
阅世间人情冷暖
独看不清困惑迷惘

站在十三层楼顶给自己画像
画上鼻子、嘴巴
分明嗅到的是浓浓臭味儿
吐出的却是满口芬芳
你们挨得如此近
呈现的是相反方向

站在十三层楼顶给自己画像
画上一双耳朵
净言良语总是一进一出
虚情假意牢牢记在心上
说什么耳听八方
不过是把难听的驱逐在旁

站在十三层楼顶给自己画像
画肩膀画脊梁
一副厚实肩膀未扛起生活重担
一条弯曲脊梁已满是创伤
索性再画一条汗巾
至少能遮一点儿雨雪风霜

站在十三层楼顶给自己画像
该画一双手了
粗糙手掌拔不尽前行荆棘
黝黑双臂挡不完毒辣日光
从小书本里教我勤劳可以致富
奔波半生依旧落魄惆怅

站在十三层楼顶给自己画像
画上双腿双脚
双腿告诉我不能停留
双脚要带我走向更远的地方
即使它们已青筋凸起
至少，还有希望

站在十三层楼顶给自己画像
要画上一颗年轻的心脏
用蓬勃打底
用朝气加强
要把它画得血红血红
红到无处安放

站在十三层楼顶给自己画像
画曾经的衣衫褴褛
画现在的人模狗样
至于还剩的空白
留给将来的自己
画他的不卑不亢

欧阳小国

欧阳小国，安徽太湖人。初中语文教师，文学爱好者。有小说、散文、诗歌散见于报刊。

年轮

岁月的光圈
把太阳刻在心上
每一道紫外线
都走成艰难的模样
你我只为留给记忆
扫描沧桑
什么样参天的古树
挂满菩提

什么样的圈圈
助我走出彷徨
时光如流水
总让生命的轨迹
并非圆满地收场
站在历史的肩上
你我都在对话向往

走进六月

成片的麦子
在太阳的嬉笑中
羞赧地低下头颅
镰刀等待了很久
麦芒的记忆被机器收割
只有白白胖胖的馍
与母亲的呼唤
依然留在村口的树荫里
芒种伴着脚步
走进乡野的风景

一起倾听鸟鸣蛙唱
白鹭的情思于泥浪中发酵
舞姿蹁跹陶醉了夕阳
斑鸠和布谷鸟的邀约
在季节板块
排成绿色的诗行
六月带着你我
带着激情和梦想
去赴下一场盛宴

老街的记忆

梦从老街的桥头
穿越十里
行走在徽派建筑中间
脚步和木轮推车
于岁月清洗过的街道
伴纸风车一路招摇
喜欢炫耀的货物们

让心室阳光灿烂
春天的小摊儿上
纸翻花生机盎然
父亲身后
有两颗星星
跌落在青石板上
声音特脆

人间烟火抚凡心

炊烟从屋顶飘升
轻舞在每个梦境
城市的车流里
你我远远地望见
锅碗瓢盆在母亲手中
装满快乐
被灶堂跳跃的火
映得通红发亮
村口的梧桐树下
老人们脸上的晴雨表
关乎你我点点滴滴
小狗在母亲身边
用尾巴摇出乞怜的故事
笑醒几多浪漫与天真
曾经多少次
木推车讴歌着泥土小路
把你我的期盼
带出小村
送进老街

在纸风车和纸风筝
之间翻飞
锅台上的节日
在童年
丰满得像肥猪胖胖的臀
奶奶和爷爷
把故事讲得比他们还老
让躲在屋檐下做窝的麻雀与八哥
偷偷发笑
燕子别了王侯大宅
别了寻常百姓之家
却仍然流连
在池塘的上空
呢喃着既往
你我的遗憾瞬间跌落
在城市的马路上
明天我们就回家去
坐在小巷口与乡亲们
唠唠家长里短

刘本杰

刘本杰，男，80后，浙江浦江人。作品散见于《今日浦江》《大堰河文学》《中国家庭报》《医药卫生报》。

登官岩山

前脚点完三炷香，念叨着
菩萨好心肠
后脚开始登山，好像山
不知疼一样
来的时候跪菩萨

爬上山顶
把菩萨踩脚下
就好像，诗人们
都赞美乡村的好
却大都住在城市的牢

官岩山礼佛

一炷香点亮太阳
佛光似海，菩萨醒来
分配今天上山朝见的名单
我这半生丈量土地
干粗活儿，也在四季播种

没有得到果实青睐
要点燃多少炷香
才能喂饱人间的欲望
今天来礼佛，佛不曾理我

钓鱼

实际上，我从小就会钓鱼
这个秘密我没有告诉任何人
爸爸妈妈被我当作诱饵
抛向四海

那根思念的鱼线
每天都有鱼儿咬钩
作为诱饵的爸爸妈妈
时常被咬得生疼

雨季

广袤的土地原本有土著之水
异乡奔腾而来的云
借着雨季的酒劲儿
排挤。水土开始流失

倘若天空有罪行，那便是
雨季里不顾水的死活

粗鲁地将它们，派上战场
炮弹一样，重重摔在水泥地上

幸存者三五成群，聚在一起
有的被捕猎的太阳抓获
囚禁在层云
有的被车轮碾

镜像

我的影子曾经死过
第一次记恨你
是在矿区。一度认为
你不是我的
是矿主监视我工作
是天生的胎记，是设法
要葬在肌肤里的刺青

太阳这盏矿灯
在人间打盹儿
云来时，灭一下
孤独活着
云离开，影子活着

大暑

林园的果树们
一言不发，却各有心事
葳蕤和结晶爬上树顶
争抢阳光的偏爱和宠溺

葡萄枝蔓缠绕铁丝网的时候
露珠般的葡萄像报团的卵
孵化出蝉的羽翼和歌声
像一大批歌手聚集

试图通过热烈的歌咏比赛
获得夏天的代言权

阳光一浪又一浪
用着毛茸茸的暑气
大口大口地喂养人间的果实
这泼天的佛光
每一棵树都能修得正果

黄昏

晚霞挥动上帝的鞭子　　　　　在人间都有落脚点
将落日赶进山林

　　　　　　　　　　　　　　但只有一颗星能和我
流萤之所以在林间　　　　　　一样幸运，被归巢的母亲
寻觅鸟巢，是为了星星　　　　孵化成明日的骄阳

橱窗

我目睹父亲用斧头　　　　　　后来我成为迁徙的燕
给泥墙凿出一只四方形眼睛　　在城里筑巢并添丁添口
燕子在里面筑了城　　　　　　通过微信视频那个小小的橱窗
我常踩着梯子访问它们　　　　访问父亲的旧城
那一年，祖父教我识得"囬"字　这一年，父亲教会我儿"回"字

空心菜

鬼才在意，该饮水还是吃土
茎叶之间无法串通一气　　　　韭菜可以动用铁具
攀升一级就打个死结　　　　　比如镰刀削苗
水凼和阴沟里翻身　　　　　　空心菜请用佛祖的拈花指，扼脉
都能继承祖上的染色体　　　　再用多普勒超声探查
吃些边角料　　　　　　　　　空空的心腔
是否被判定成污染植物基因罪　是容纳骨气还是容纳骨灰

陆十一

陆十一，客家人，居厦门。中国诗歌学会会员，福建省作家协会会员，厦门市作家协会会员，湖里区作家协会全委会委员。《海峡商业》杂志专栏作家。作品散见于《北京文学》《福建文学》《厦门文学》《星河》《浙江诗人》。

厦大白城

目睹席卷而来的白舌
舔着星辰隐忍的伤口
我长途跋涉
就是为了濒临海边
对着水说一声：感谢

沙滩上

遍地都是我们曾遗忘的美好啊
为何，我们不愿俯身
将它再次拾起

你应该是偏爱海
曾一次次口吐莲花
曾一次次唇齿生津

登鼓浪屿

最好不看，最好无相忘
我不要炮仗花虚假繁荣
岛上钢琴告诉我们
世界曼妙，都源自黑白分明

在海水与陆地之间
还有更慵懒的沙滩
它将界限柔软

并为不可分割的是非
提供了第三种可能

我将登往日光岩的更高处
将所热爱的大海一再望穿
并模仿郑公模样
挥剑指向诸岛
一次又一次收复内心失地

金榜山

已经没有更高
想要征服的峰也已登顶
寺院中的一棵秋葵
也开始上早课
晨雾挂在鸟鸣交织的网上

路上人来人往
都是来求长生的

师父说,一求便苦
我还是凡夫俗子,还是怕死

直到下山,我看见万物低矮
才明白,有些事只要看淡一些
眼中流出的便是水
双眸渐黑,而人间清白

凌晨的磨心山

一位领读者
手指云端,说:光明
大批解救黎明于黑暗的词汇
笃定冲出
我厌恶与深夜谈及厚度
我的命如薄纸
等着磨成细微的一句话
戳穿

而对疼痛的解读略微克制
还会有磨得更宽广的田埂
等杂草丛生落选的光幕
命我挥刀斩下
再一块一块堆砌
会不会太高
这,是一堵相对论的墙

再次造访外图图书馆

方格的书架多么整齐
空气一丝不苟
对面空置的两张靠背椅无人安坐
沿途走来
浩瀚的书籍挑选着我
它们重复着
让人举步维艰的海水声响

——像一场浩浩荡荡的空无
直到喧嚣填满
并从顶部滑落下来
我从寂静之地
将自己救出,流放
依然独执己见

寂静是一位不速之客

鼓浪屿身披琴声
我怀抱阳光
这依旧是一个不需要写诗的日子
我一个人漂泊
一个人动荡

终于
我走进咖啡不为人知的苦涩中

时间不断续杯
一个蓝调的音符
在欢唱，或逃亡

窗外的榕树落须慈祥
湖水眼神清澈
忍不住又开始对人间意犹未尽

观音山海域

就连脚下沙子
都奏响着细腻
所有发生都不会毫无意义
除了风过无痕
走过的深浅都会刻在心里

一边是海
一边是高楼
我愿意掏出一把灵巧汤匙
将自己区分、勾兑
与凹陷自身的沙滩融合

我感受到柔软绸缎
一阵阵涌将过来
裹住身躯，像一次被捕
我的盐碱之地
也快要涨潮了

一艘马达船驶向远处
我很开心
它们又要开始捕捞
不知名的鱼虾

南湖公园

我敲打黄昏
像敲打一颗深藏的智齿
额头毛发还在固守寸土
脱落的中年啊
像一只野狗随行而至

不要做一个无谓献出岁月的刺客
不要轻易谋杀一只唤醒清晨的白鸽

你知道
我们要的都已经
被脆生生的湖水包围了

我看见，白鹭女神再度莅临
她浣纱梳发的模样
多么像从前的镜中
浴后新生的你

铜鱼池传说

无人目睹东溪巨石
有过几次浮沉
只是听闻南门桥头
赶考的脚步略显匆忙

那年
晚秋跪于高地
盘坐的风

舒张得很缓
它轻轻翻阅
几封家书

一名女子
指着溪水渐涨
回头
已是捷报频传

在军营村的某个拐角

高山乘芦苇荡而下
此处，便是你的地盘
这是一个确定的秋天
火红而且热烈

落日
是黄昏微弱的眼球
也是我宽广的自由

这么多年了
我依旧怀念
村口、桥头、向日葵

我依旧脚踏实地
与世界的拐弯处用力摩擦
只为在平坦的人间
留下痕迹

猫辞书苑

猫辞书苑，本名甘培艳。作品散见于今日头条、海西文学网、《青海湖诗报》、《青海湖诗刊》。

听，海哭的声音

我本有美丽的浪花朵朵
波澜壮阔海纳百川千河
鱼儿在清澈的海水中尽情游弋
孩子们也总爱来我的脚边
将贝壳捡拾

可现如今鱼儿将可能染疾
孩子们不敢再来海边嬉戏
周边的人们对我也敬而远之
避我如瘟神唯恐不及

我担心有一天
人们迫于无奈再来找我
我恐慌
从此后我给不了他们健康的吃食
因为有人排了
核污染水

侵蚀了我的血液与身体

我不想让地球因我而遭受灾害
不想让毒水遗害百姓乃至子孙后代
我谴责那些向我排核污染水的人
我诅咒核污染与核辐射的危害
我祈祷
地球村早日恢复原来纯净的样子

除此之外我实在是无能为力
现如今我悲愤难耐
核污染水搅得我胃里翻江倒海
我不知道核污染水何时会停排
唯有以一次次咆哮
来宣泄心中的忧愁与悲戚

外婆的烫面饼

离家前一天
外婆问
是否还想吃她做的烫面饼

我说，好啊好啊
我就好您这一口
外婆听了很开心
满是皱纹的脸上，笑容灿烂

外婆已经老了
拄着拐杖站在门口的样子
像极了感叹号和问号的牵挽

多年来每个假期临近的夜晚
外婆的烫面饼
总会成为我归乡的召唤
每个假满离家的时刻
外婆的烫面饼

总会成为我抚慰乡愁的"盛宴"

我真担心有一天
外婆颤颤巍巍的身影
会被一阵突如其来的风吹倒
我怕外婆的烫面饼
会成为我永远的缺憾

其实，亲人们早已不允她做这做那
其实，尝过了山珍海味的味蕾
亦不再眷恋家常的特产

可外婆的烫面饼里
藏着我挥不去的童年
外婆的烫面饼里
揉进了我绵绵的乡愁
和外婆深深的挂牵

在庄浪河畔与鸟对视

为什么你的身影总能让我心动
在庄浪河粼粼的柔波里
你红掌作桨的姿态是那样优美自然
为什么每看到你就想与你对视
对你的痴迷与爱恋
让我忘却了时空和季节变换

即使在河岸的鹅卵石上
你安静地晒太阳的姿势
也是那样从容悠闲
你瞭望远方的眼睛清澈明亮
让人不禁想起当年曹孟德
东临碣石以观沧海的豪迈达观

童年

童年是春天里的秋千
梨花树下
大伯为秋千拴上了绳索
在高高飞起的瞬间
我快乐得像只燕子

童年是夏天里的麦堆
打谷场上，大伯打场扬锨
看着迎风飞舞的麦粒
我以为，大伯是风中的不倒翁

童年是秋天里的果园
独木梯上
大伯小心地摘着果子
透过斑驳的枝丫

我以为，大伯会永远身轻如燕

童年是冬天里的柴垛
年关将至，大伯挥舞着斧头劈柴
码得整整齐齐的柴火
烤熟了锅灶里的红薯
我以为，大伯是无所不能的神

如今
童年只剩一段回忆
记忆里的伯父
已静静地躺在地下
那些我曾经以为的"以为"啊
都随着我的童年一起
成了永远的回忆

新年的畅想

一套睡衣一件棉服一双鞋子一个书包
就让冻得通红的小脸瞬间笑出酒窝
一筐蔬菜一袋面粉一个灶具一间板房
就让灾后的废墟上重新升腾起幸福的烟火
寒冷的西北风挡不住逆行的双腿
活动板房内飘出诱人的饭菜香味儿

远方的客人啊
你问我新年的畅想是什么
心暖了天晴了家就有了
我希望一家人健健康康平平安安
何其有幸我们生活在同一片蓝天下

感谢我亲爱的祖国啊
我畅想新的一年里
我依然在您的怀抱里沐浴阳光尽情撒欢儿
感谢我亲爱的同胞啊
是你们让我重新感受到亲情流淌家的温暖
我畅想在新的一年里
与你们一起劈波斩浪扬起建设祖国的风帆

张彦桢

张彦桢，甘肃秦安人，现居南京。中国诗歌学会会员，南京市雨花台区作家协会会员。作品散见于《辽河》《当代文学》《文汇》《青年文学家》《中外诗歌》《家庭周报》《营口日报》《青海湖诗刊》。

十里春风，不如你

痴念如水
一波一波拱起多少个
春与秋
一条试探着仰望远方的鱼儿
泪眼中
是数不尽的桃花瓣
一瓣一瓣的桃花啊
足以覆盖
阴冷、恐惧与孤寂

淌着暖阳的暖
循着一朵流浪的云的踪迹
轻轻地
不，蹑手蹑脚地
探下去
桃花依旧，人依旧
只是我却成了
局外人

小满未满

月未圆
有风的影子在跳动
一树待放的花骨朵应着
急急

斗室内油灯轻跳的样子
被沙漏遗忘了
就像我忘记了你一般
随那风，轻轻地浅浅地

也淡了

切切
那鸟鸣，那花香
和远方的山冈啊

在这个小满未满的夜晚
一并及时地给予安抚

一切，刚刚好

午后听蝉

热浪，和麻雀们挤在繁叶下
树静了，山谷静了
喧闹的人间静了，静极了

窒息的静
那西山顶上
一朵才探出头的积雨云，也怕了

一团火热
何时隐去了
一位才走出人生低谷的人
头顶一片蔚蓝
听，声声穿出葱茏枝叶的高昂的叫
尽是对那段漫长的黑暗时光的赞

小暑

蛙鸣，绕开荷的香
与蝉于一水的距离内，拉扯

小暑，自远处赶来
与雨在一地的泥水里，打闹

水鸟，在一枝绿中

将身体隐藏。一双眸子
在芦苇的密里伺机窥探

碎石铺就的路上
那排深浅不一的脚印里
满了各种热度的水

小寒

恪尽职守的太阳
被判上了囚禁的罪行
空留下一地迷茫
和不知所措
一个叫期待的勇敢少年
身穿白棉袄
迎着山的褶皱中窜出的冷风
翻找着新的一年的希望，希望

就在一坡
被薄雪覆盖的枯草堆中
阴冷、潮湿、泥泞、枯败
是假象。深入挖掘下去
根与根之间的互拥，或互勉
才是真。只是他
还不一定能识破这上冻下消的事实

大寒

一双眸子渴望着
逃离这冰冷的
有风肆虐的
灰色天——

灰色天
在一双渴望的眸子里
拼尽全力后倒在了
结痂的水中

冬至

爬藤荡着秋千
灰色云压低矮墙

一地冰冷。昨天的暖，和阳光
不见了踪迹，随你去翻找

风的刀尖，刺向西山的缺口
有人高举虔诚，口中念念有词

岁月低处。不，岁月最低处
有人背负沉沉的荆棘
急急地，走向凌晨的渡口

一想到你啊
呼吸，又急促了几分

裂缝

是冷风的发源地
是悲痛者的修习所
不要说生活欺骗了你
一张布满了贪嗔痴的蛛网，即便是

结了又结，也只能织罗出
一地的杂乱来
蛛网空疏了才会有更多的阳光
照射进来
是远山

模糊了我的思念
再也搜寻不到你的身影
四月的暖阳落了下来
花朵落了下来
鸟鸣落了下来
一些思绪落了下来

一颗被拉得狭长的心外
一湾瘦水淘洗着灰色天
也仿佛
是在过滤旧日的晦暗时光

罗宗胜

罗宗胜，男，四川巴中人，文学爱好者。作品在"群英杯"全国文学创作活动中获优秀奖，在"百强诗人奖"全国诗词大赛中获优秀奖。作品刊于《当代作家》。

初恋的回声

虽然我已年过六十
虽然我已儿孙满堂
虽然我与初恋只有一面之缘
但至今难忘那昙花一现
她那红彤彤的俏脸蛋上
那莞尔一笑
此时无声胜有声
初恋的回声
在历史的长河中
渐行渐渐远
但清晰如昨

曾记得 20 世纪 80 年代初
一个农闲的傍晚
我穿戴整齐羞涩地去媒人家相亲
我一踏进媒人家的门便看见
初恋坐在柴灶门前有些做作地烧着火
见我走进偷偷一窥莞尔一笑
红彤彤的俏脸蛋上羞答答的笑容
至今我记忆犹新
不难看出这是她对我有意的承诺
终是情深缘浅

佳偶难成
从此天各一方，音信全无

初恋
不知你现在身居何方
初恋
也不知你而今身体是否安康
初恋
更不知你眼下是幸福还是凄凉
想必你目前已是奶奶级别的人了
但你在我心目中仍然是
那个时间段的音容笑貌
你我一面之缘中你那莞尔一笑
竟给我留下了永久的思念
是我青春最美好的回忆
虽然我无德无才
但恋你之心终生难忘
它像一首永恒的歌谣
在我心中，永远地回响
这就是初恋的回声

思念

窗外的连日雨
在南方的宁波依然不停地落着
"年"这只怪兽的脚步声却越来越近
越来越近
远在他乡的我
思念家乡的亲人能春节团聚
情感就越来越浓
越来越浓

我静静地坐在火堆旁痴痴地遐想
倘若科技发展到
出门就能坐上火箭飞船
来去就如同卧室到客厅
那我早已坐在客厅的沙发上
惬意地嗑着入味的瓜子
与亲人相互分享着各类新闻
然而现实却真诚地告诉我
中原大地雪封高速
路面汽车连环相撞
罕见的冰天雪地
就是老天的劝告

于是乎，我静下心来
打理着烦躁的心绪
憧憬着来年的春节
定将扬鞭催马
早早起程
早早到家

祁连阳光

祁连阳光，本名杨生伟。中国延安文艺学会会员，甘肃省作家协会会员，甘肃省网络作家协会会员。多家文学平台主编，文学创作副高级职称。

此情可待

若可
真的想滤去眼底的忧伤
然后做成花开的模样
将所有青葱烈马的旧事遗忘
因为我们终究都是时光的旅人
静默才是最后的皈依

自此所有的花事媚美
都染了清宁的滋味
那么所有的风过都不沾染悲喜
所有的花开都能诵读成菩提
等，也是一件幸事
等是心旌上摇曳的旖旎

执念风懂
于是情愫多了别样的厚重

深情喧嚣的孤城中
月光填满了心上的空白
清风如海
聆听就是最好的等待
有天籁素音，好美的表白

月光落在心弦上寂静如海
梦被抵押给清辉
任眉间相思纵横
风轻轻吹
原来执念也很美
任清风弄梦
依着五月似锦的光阴站成绮丽
当深情被抵押给素笺上的清词
就此不说孤寂

凝翠

软香轻红，怎样勾勒
都是人间花儿朵朵的颜色
是你我春衫薄软的山河
那一滴泪
零落在月色寒烟里
碎成万千纷飞的梨花雪
每一朵飞扬的花瓣
都是你给的希翼
最深的印记

只待风吹来的时候
水色的魂魄
可以依着暗香的朦胧
轻轻地，轻轻地想你
在每一朵花开的黄昏里
都种下一朵烟青色的旖旎
那些青芒里流转的光影
静止

羽化成一朵朵水色的菩提
为你，斋净一肩清风明月

撑一篙青荇柔软的微茫
聆听你黄昏时的呼唤
如何以羞涩的触角
点亮眉间一片月明花净的湖光
怦然心动扬帆，从此一眼万年
喜欢着彼此的喜欢
深情着彼此的深情
临窗，一页雪
几句梅花语，满城清绝
想一点点靠近你，画你
白雪皑皑的世界
觅一份纯澈
温暖你我
忽而想醉

邵国阳

邵国阳，浙江湖州人。浙江省散文学会会员，湖州市作家协会会员。作品散见于《江南》《辽河》《浙江诗人》《山东诗歌》《海峡诗人》《湖州日报》《三门峡日报》《青海湖诗刊》。

钓鱼的时候，风一直向前

钓鱼的时候
风一直向前
让摇摆的秋有了更多的暧昧
红的叶，金黄的桂
一起走过了雨浸泡的寂寞

若隐若现的傍晚
只能去学会穿越
夕阳无限，黄昏尽头
一不小心就失足在春秋时代
和庄子讨论着鱼乐人乐的哲学

其实，这都无关紧要
我的神经始终很冷静
听不懂，或者一知半解的
都是那些路过秋虫的鸣叫

对于水并没有一见如故的温情
只知道，望断秋水很不耐烦
然而，可以试试
于水之畔，一钩
是否就钓起了那轮秋月

其实，上游的水
已肥了鳜鱼
刮干了鳞的躯体
早躺在了唐朝诗人的碗里

只可以想象了
想象更多是在水一方
哪怕是波澜不惊
也会有偶尔，也会有
从手掌心沁出的热汗
像露水，始终没有杂质

从秋风中走过

雨水，漫过了河边，漫过了
城郭的熙熙攘攘
让一些俯身而拾的情绪
如秋叶，在树底下保持沉默
这个时候，进入了梦想的时刻
你只能，说说雨水，说说许多
似曾相识的面孔，而沉入
一杯茶的寂寞中
实际上，我的身体里
撞进了千万头鹿
风过山巅，雨过窗前
从屋檐下滴落的水啊
已承受不了，秋水怡人的承诺
秋天，秋天
我眼光走了太远的路
回眸的时候
饱含深情只有白鹭的问候
也许，我只是在秋风中走过
那本旧日历，正好
翻开了那一页
泛滥的只有那些绰绰约约的影子

欢喜霸霸

欢喜霸霸，中国诗歌学会会员，中国散文学会会员，深圳作家协会会员。1984年开始在《特区文学》发表诗歌，累计发表作品五十余万字，获得国内各类奖项若干。

镜子

在世人的眼里
乌鸦是种不祥的鸟
它自黑招黑
以为自己的羽毛最美

人间莫过于此
检视以自省
天鹅哪来的原罪
遑论照妖镜一窥

对自己格外宽待
阳光自不能
将内心观照
夜照亮了夜

底色淡去

《山海经》中
乌鸦确曾叫作金乌

唤醒土地

唤醒土地
试向何者问耕
阳光翻炒着热浪
种子睡着了

农事不可等
在风的簇拥下
埋头续播
给畦町拢出些许愿景

土圪垃里猥琐发育的生命
只等雨师发功
生芽的回报
如狗吠将黑夜叫醒
用苦涩的泪作滴灌
将旱魃逐离乡野
看年景胜往昔
摆出香案　敬天祈雨

香娘子的命运

早由小强
天生自带恶的属性
遗臭万年依然人间横行
如何界定这存在的合理性

鱼的气息潜伏在猫粮上
它经受不住诱惑
伺机拥抱美味
哪里知道，那诱饵致命

它若有自知之明
应晓得此去或致无终
即便没有其他投喂
还有鞋底子并用

不是因为你叫香娘子
会手下留情
吃了喝了，走上永生
画个圈圆梦
睡吧，睡吧

慕尧玲玲

慕尧玲玲，本名陈小玲，女，中国诗歌学会会员。作品散见于《青海湖诗刊》《延河》《诗文选刊》《现代青年》《山东诗歌》。

野渡

偏爱荒野的渡口
偏爱渡口里
半含落寞却高傲的芦花
一只清瘦的
在微风里荡漾的小舟
几只白鹭平缓飞行，落下

我曾迷恋唐人野渡的意境
像那些白鹭，走过而停留

可我终究是一棵芦苇
不自主地漂泊，寻找自己的渡口
荒野盛满无限意义
我沉迷于那些充满隐喻的风
在闪烁的微波中，我看见
浅滩里开满故乡的荷花
在垂落的夕阳下
那只从童年出发的小船，载满
岁月的沧桑风月，徐徐靠岸

流浪者之歌

河流渐远，消失的故乡
在不知名的支流

再听不见溪水清幽
光洁的石子
在青苔的谎言里
成为不再坚定的守候

河水，依旧那样流淌
彼岸何处

我不过是一朵轻飘的浪花
怎样把握无望的归途

跌宕起伏的河面
在旋涡含泪的歌声里
唱的是孤独的自由

若故乡的山石还能念旧
能否恩赐一座岛屿
来改写命运的漂泊

夏季的雨

把一身银子散落
分享给河流山川
给草木和万物馈赏
让夏季
稳稳地站在季节高处

夏季的雨
任性而通情
酣畅而有度
它绝不视太阳为天敌
甚至常与太阳相约
献一道亮丽风景给人间

也有失手的时候
过多地支出
成为大地的负累
好在被雨水滋养的生命
滋养出坚强与执着
站立是夏永远的姿态
像一个过度承受重负的人
肩上的老茧
是承接风雨的硬壳

秋铃铛

秋铃铛，女，大学学历，作品散见于《青海湖诗报》《青海湖诗刊》。

我是一朵小花

我是一朵小花
我从哪里来
是飞鸟无意间的飘落
还是混迹于杂草丛中的重生

我是一朵小花
我为谁开放
是回馈飞鸟的馈赠
还是跟随大流的浑噩

我是一朵小花
我不在乎出身和世俗
我为自己的人生奋斗
不辜负春风和夏雨

无论是否有人问津
这个世间我来过

一轮明月，温暖冬天

谁说远方漫漫无尽头
即使道路布满荆棘
也有一轮明月
不卑不亢在心头照耀

谁说火树银花只应天上有
即使寻常百姓家
也有一轮明月

不离不弃眷顾窗前

谁说这个冬天只有清冷
即使彻骨的寒夜
也有一轮明月

不管不顾倔强而生
把人间疾苦驱散
萌发温暖

屋檐下

小时候
屋檐下一排钉子
像站岗的哨兵一样
总是被父亲和母亲
赋予特定的神圣任务

这边挂着一把镰刀
写满岁月的沧桑和饥饿
但我知道
当父亲取下镰刀
就是要收割希望

那边挂着一个纳鞋底的夹板
那是母亲缝合苦难的见证
我知道母亲的辛苦
换来我们每一步的坚实

屋檐下的物件
就像岁月的影视墙
一帧帧
一幕幕
永久地刻在记忆里
在盛夏
拿出来晾晒

嫣然一笑

嫣然一笑，本名闫然。作品散见于《鸭绿江》《青年文学家》《青海湖诗刊》《中华诗魂》《奔流》《渤海风》《四川人文》《现代诗美学》。

母亲节情愫

海水与火焰
用多年的月光认真阅读
母亲的眼睛
许多滚动沉雷或是细雨润窗
长大后才知道
我是您生命里全部的色彩

夕阳下，碗筷瑟瑟发抖过
哪个字错了一笔
作为教师的母亲，岂能饶过
路遥给予回忆
病中的低泣，子夜那杯温热姜水
离家后，没完没了的叮咛
妈妈，五月的丁香
那一缕芬芳是你
那一朵迟开的花儿是我

心跳，你会是海岸吗

如秋树里的风声
绕过身子一周
然后，迎面伫立
无论，在哪里
你以一首诗的韵脚
紧扣命运

心跳，你会是海岸吗
摇着吱嘎作响的双桨，向你泅渡

铁轨寒

人生总遇艰难、无助时候
当远方中有虚幻人影
灰白色的主角，显得惊悚

为何走在双轨间
人嘛，不如意事十之八九
能否走出一行空蒙的泪

想到《魂断蓝桥》，费雯·丽饰演的角色
不再从来，这是怎样的事件

张春阳

生活（组诗）

屋子里愁绪

夜　深了
也静悄了

关起房门来
安静了些
却忘却了
屋子里
还有白昼飞来的幺蛾子

我们

拂去衣
性不与
好像是在花海中
只是太静悄了
稍大点儿声就会扰了谁
粉晕玉月
柔柔似蒸出锅的包子
生怕将那热气捏跑了

绿荫小丛
溪清花香
我们静好
静候夕阳
不曾发生了些什么

生活

走了不知多远的路
有很多人
景色也不同
随风而来的香循着
青春靓丽的少女在那儿欢笑着
迎面走来的是步履蹒跚
老人搀扶着老伴儿拄着拐
路边的小贩在那儿叫喊着
那闭着门还在营业的店铺
不知做些什么行当让人好奇
快吃饭去
就吃粥和这咸菜呀
哎哟，你还想吃天鹅肉呗

童话

童话，本名胡新兰，山东济宁人。河北省唐山市作家协会会员。作品曾获《燕赵晚报》举办的全国杂文大赛二等奖。

一只想做苍鹰的大雁

月映双影雁成行
人无二心断情殇

我看见梦里梦外
都是摇摇晃晃的空气
置若罔闻不问东西
当摈弃了哀愁的斜阳
不再试图逃离
当拒绝了回忆的晚秋
平静地委托西风
收拾狼藉遍地
也许，一切都该结束了

虽然我依旧拥有这躯肉体
虽然我还在使用这个名字
虽然未来的路上
还会有许许多多
欲罢不能的身不由己
我还是决定不做雁了

改做一只我行我素的鹰
我知道鹰很孤寂
可我厌倦了
中规中矩地一切行动听指挥
不想再排队

思念砸在城墙上
铿铿作响
我把过往的悲伤
全哭光
再预支一年的泪
换成愿打愿挨的无怨无悔
当有朝一日再也飞不动了
就做一池水吧
一池平静无波的水

无酒也不癫
有酒也不醉

灯火通明

灯火通明并非黑夜追求的终极
而是人类强加给它的承受
夜很累
很想睡
它不想黑白颠倒地疯狂
它想睡足睡够后迎接朝阳

可是人不答应
非要折腾
那就退而求其次吧
让夜晚的灯火尽可能文气软弱
别那么强烈

一往情深

望夫石一直在
那颗千疮百孔的心
就那么迎风傲立
除却最后
那一线摇摇欲坠的坚守

还有什么能让我支撑
珠峰上的雪
永远不会结冰或化冰
你必将是我永远的梦

也效陶潜

执白云描清欢
燃青春羞红颜

处地头田间
一枝一叶俱为思念

先把太阳晒过的精神寄托
书写成篇
再把月亮洗过的灵魂光环
缝连成串

就让昨天的记忆
留在昨天
就让彻底的遗忘
开启明天

在山水平川
举手投足都是缠绵

不必桃花源
亦可效陶潜

心随缘

心随缘，本名许建忠，男，新疆维吾尔自治区哈密市作家协会会员，哈密市作家协会副主席，十三师新星市作协理事。作品散见于《青海湖诗刊》《天山诗刊》。

我把秋天送给你

瓜果飘香，硕果累累
整个季节已经成熟
稻谷垂头，枫叶起舞
秋天把大地成功收获
信守承诺的你把我等候
相约在秋天的风里
摘一串成熟的葡萄送给你
请你品尝秋天的味道
拾一片飘落的树叶送给你
请你欣赏秋天的色彩

抓一把田野的金黄送给你
请你感受庄稼的分量
秋天把人间装扮成美丽的画卷
这是大自然最尊贵的馈赠
我把秋天送给你
让我们一起感受这美好
秋天把思念写成优美的诗行
这是心灵深处最美的礼赞
我把秋天送给你
让我们共同拥有诗与远方

诗的样子

一首诗
静静地躺在纸上
字里行间埋藏着激情
随时有燃烧的欲望
一首诗
正在被轻轻吟诵
抑扬顿挫间流露情感

那是心声最真实的表现
一首诗
转化成水墨山水
笔墨里饱含五彩缤纷
绘就人生的绚烂多彩
诗是文字的样子
诗是心情的样子

时光吻过的诗

春天的芬芳迷醉风的方向
从山那边吹过来一层暖意
轻轻地吻过额头又吻红唇
打个转转羞涩地扭头走了
留下一串如醉如痴的幻想

夏日晨光映照半开的窗户
从玻璃上透射出一道朝阳
把熟睡的娃娃抚摸后摇醒
伸个懒腰打着哈欠揉眼睛
尽是昨夜里还没睡醒的梦

秋天的月亮早早挂在空中
从树缝间洒落下一束星光
把少妇失眠的眼眸给弄湿
思绪飞奔出无限的新念想
逃不出时间煎熬留下的痛

冬日的雪覆盖躁动的心跳
从戈壁原野闪过耀眼光芒
却把老人沧桑的脸庞照亮
皱纹里眉宇间写满了故事
历史记录时光吻过的诗行

寒冰

寒冰，本名杨红梅，新疆维吾尔自治区作家协会会员。作品散见于《北京文学》《神州文学》《华中文学》《回族文学》《长江诗歌》《河南诗人》《山东诗歌》《南北作家》《中国诗歌地理》《人民日报（海外版）》《速读》《今古传奇》《三角洲》。

沙枣树下

奔腾着红色血液的盖孜河川流不息
传颂着一代军垦人的不朽传奇

布满老茧的粗糙大手与白皙如玉的秀指握在一起
共同栽种一片防风固沙的堡垒
用忠贞不渝滋养贫瘠的土地
用无私无畏遮风挡雨
沙枣林与军垦爱情一起成长，一起繁育
成长见证成长，历史写满追忆

几十年岁月如歌
河堤下那片沙枣林里
似乎还有军垦将士与上海知青在低声私语
青春的背影馨香浓郁
盘综错节的虬枝，被风暴扭曲的身体
斜倚着，横躺着，匍匐着，弯曲着
依然不屈地高举一把银绿巨伞
为远去的身影固守爱情圣地

仲夏雨

多少人心心念念地期盼
你姗姗来迟
即便只有半日停留
也能摁低盛夏高昂的暑气
如此，足以让我几日欢喜

稀疏的雨滴
掀起尘土里的腥气
画家迫不及待，笔端发力
画一缕青绿的凉风
抚慰阡陌焦渴的眼神

欣欣然直起身子的草地上
乌鸦扑棱着翅膀抖落雨滴
婉转几声清脆的欢喜
起起落落，翻飞着，表达谢意

雨滴吻过的叶片呈现被爱抚过的痕迹
光泽浓绿
世界因你的到来而振奋
每一句话语都变得清晰

坠落池中的雨
绕着挺拔的绿伞与粉荷起舞
荡开一圈圈涟漪
祈雨的青蛙欢欣鼓舞，动情高歌
吐出蓄积的盛夏情长

盛夏之绿借雨意晕染
一幅葱茏丽景在人间铺展

胡萍

胡萍，福州市作家协会会员，福州市台江区作家协会副秘书长。作品散见于《福州文学》《福建乡土》《福建作家》《中国诗影响》。

爸爸，我还是要告诉您

爸爸
这些年也曾经风雨的我
如您期待坚强刚毅
可是，我不想告诉您
我辨得身影
默然护神的您

爸爸
这些年也曾光彩的我
如您期待谦逊努力
可是，我不想告诉您
我识得眼神
亮光如照的您

爸爸
我也真的不想告诉您
无数次，曾想放弃
关于理想缥缈无际
可是，倔犟后爬起

血液里是您的传递

爸爸
我也真的不想告诉您
是岁月让我理解了您
多少次委怨的泪啊让我想逃离
可是，良善婉约早已刻入心底
基因里是您的延续

爸爸
我还是要告诉您
我真的爱您
爱您博大的胸怀如峻峻山川
爱您细腻的品质如涓涓小溪

爸爸
我还是要告诉您
我真的爱您

老树、疾风、我

公园里
和一棵老树静坐
老树和我一样
默听风声，誓将风声搂在怀中
老树怎么会和我一样
风在老树的根里，常驻
几百年的老树，几百年的疾风
哪里需要听和搂
疾风中有无数棵新树
老树的根有无数种风

我怎么会和老树一样
耳里，不过是声响而已
搂在怀里的，飘逝瞬间
风，从老树的枝芽呼啸而出
击敲着早已匍匐在地的我
老树就这样，以疾风的样子
赐予，虚无
泪流满面紧紧搂住
老树悄然种植在心中
风，早已无声

夜幕下的思绪

夜幕低垂，雨夜中
我听见历史的钟声
"五四"的火种
点亮了谁的眼眸
那夜的月光
是否也照亮了青年的路

雨，滴滴答
似岁月的钟声
敲打着我的心扉
那些年的热血与激情
如今已成为回忆的珍藏

我站在这里，凝望夜空
想象着那时的青年

他们的梦想和追求
月亮啊，你是否也记得
在那个时代的浪潮中
他们如何奋勇前行

思绪万千，随风飘散
我听见历史的回声
在耳边低吟
"五四"的精神，永垂不朽
它照亮了我们前行的道路

夜幕低垂，雨夜中
我听见历史的钟声
"五四"的火种
永远燃烧在我们的心中

若不见，或思念

是在虚度还是捕捉某种灵光
听煮茶的沸腾声
看叶片翻滚的样子

许久未见
彼此沉默代替安慰
怀念或者悼念过往

继续前行吧
至于种今天的花
明天是否结果

劈柴喂马
我只关注当下

正月十六的某个瞬间

年，就这么过完了
这一句话
多像某种暗喻，丛生
又像一语道破，玄机

家乡，也模糊起来了
这两个字

多像云飘浮，无定
又像风追逐，不停

我在这城市里
依然哼着
那家乡的歌

鲁川

鲁川，男，中国作家协会会员，中国诗歌学会会员。诗作散见于《诗刊》《星星诗刊》《诗歌月刊》《四川文学》。著有诗集《消失的村庄》。

烟花三月

我常常
沉溺于大江大河
三月
是烟柳勾栏的时节
岛浮出水面
是一片帆
徐徐远去
宛若云烟

有很多礁崖、危卵、鸟粪
倚断的夕阳
倾斜的倒影
能聆听出安静与祥和
仿佛一只海螺
平静的内心

有多少次命运
就有多少场奔波

那远方的虚幻
是不是
更接近蓬瀛的真实
满船的倾覆
倒灌出的
是不是浪花的陈酿
我已无力辨别
与一次又一次送行
作揖他乡

耽于繁华和想象
更多地
辗转扬州一日
京华烟云
在沙石玉壶上
煮出的岁月
十里闻香

歌颂春天

春天
有许多值得歌颂的地方
就像江山与河流
按下一排排
汹涌澎湃的
高音键

歌颂春天
就是在花与鸟中
选择站队
把自己站成
迎风猎猎的白杨

歌颂春天

就是替蓝天出发
为白云护航
甘当一名长梯上的
油漆工

歌颂春天
不和星汉比高低
不与日月争长短
不在花期乐忘返

歌颂春天
以百灵鸟最美妙的舌音
以海浪礁最铿锵的词汇

花枝引

花堪折，无须折
折花的人
总是在诗词的缠绕中
走不出谜团

春天是一个大花园
花仅仅是其中
弱小的一部分
而花中的风和雨
则都染上了短命症

在花枝的指引下

你可向风而行
也可并驾齐驱
婚姻与命运
此时此刻
都萌出了新芽
亦仿佛新生

曲径通幽
通往另一个城堡
枝头新天地
今生
无须他付

一只穿越廊檐的燕子

初春
无寻觅之处
一只燕子
一只回归的燕子
是不是旧相识
已无从得知

穿越厅堂
穿越廊檐
穿越旧屋
沉重的鲤鱼线骨
仿佛一生
都在穿越一线
难以下坠

住在瓦檐下的命运
犹如红墙下的蛐蛐
难以诉说
春风几度
难抵家长里短，儿女情长

你剪开一扇
百姓的人家
我卸下春雨
沉重的马甲

剑雍

朝夕

今兮兮，朝一幕
吾汝别离又相逢
说不完，话不尽
只有深深无语两相依
缠绵绵，难分舍
何盼离

今兮兮，夕一幕
吾汝相别
不知相依亦何时
情依依，泪满颜
挥手洒泪与汝别
吾愿情长久
相思到白头

辑二　格律诗词·赋文

童小汐

童小汐，女，2003 年 11 月出生于辽宁沈阳。2017 年跟随著名作家北野先生学习中国传统文化以及文学创作。现任海西文学网、《青海湖诗刊》总编辑。

最高楼·山村浣衣女

观野渡，烟水接流晖，斜上暮云湄。

怅望泥燕双飞去，恻然凄倚小河堤。

两丝丝，眉角语，是伤离。

忽而笑、指间缠翠发。

继而泣、泪珠连坠睫。

何堪说，说时迟。

持衣捣得江心碎，一波愁绪在清闺。

看天涯，犹转瞬，复徘徊。

雪梅香·初夏夜抒怀

怎么着，风枝撩乱画楼屏。

半宵催花雨，破折翠蕊飘零。

啼鸟弄晴勿惊断，叽啾连片隔窗听。

是凉吹，轻拂残妆，多少愁情。

孤星，似铅泪，这么销魂，两行分明。

春月无痕，枕边远梦难成。

落地灯旁忆初昔，白蕉衫上一飞螟。

如前日，寸寸柔肠，百转还生。

鹧鸪天·端午思乡

一

烟柳轻舞小蛮腰，近来频忆凤凰桥。
家山弹破一琴曲，别院风吹雨露凋。
何处觅，碧天遥，暮云望断草萧萧。
自从褪尽春芳后，枕上时常梦沈辽。

二

离歌弹罢泪两行，斜阳一道接烟江。
万千惆怅意难会，眉语凝愁眼角藏。
叹花瘦，翠帷旁，梦华苦短漏偏长。
年来几度无家别，母在沈阳我远方。

满江红·昨夜又寻思

浅画烟眉，对妆镜、试挑钿翠。
卷珠帘、倚窗愁叹，香痕凋坠。
花落红残脂粉腻，半江斜日摇山水。
看鸥鹭、与我共漂萍，同流徙。
浑一似，长夜里，人不寐，唯伤悴。
轻唤月华来，抚琴和瑟。
虽有深情难转寄，春词不解相思泪。
无限意、都付暮天云，君知否？

最高楼·病中有怀

蛙声老，田岸绿浮堤，花落粉墙西。

长风吹皱连池水，帘栊曛日燕斜飞。

转愁宵长梦短，又凝眉。

一片月华，顽云不破。

也许是、孤山浑似我，烟容悴，带愁姿。

拈折满把香盈手，遥天何所寄相思。

病中偏多饮泪，总伤悲。

归朝欢·倚门望

忽起狂风吹别墅，满树落花无着处。

青葱不等冷霜来，似曾秋意临庭圃。

空山颜如故，半窗碧翠愁残雨。

倚门望，伊人方向，烟眼凝迷雾。

调弦弹尽相思谱，心逐雁行云涯去。

鸟声啼出一天晴，斜阳分得连江暮。

低回芳草路，离情几许谁堪度。

念初遇，千丝万缕，化作眉尖语。

最高楼·向暮见雁阵有感

花向晚，疏影对空枝，窗角趁斜晖。

云中啼雁行将远，展开人字画双眉。

叹韶华，留不住，更徘徊。

羊肠外、一钩弦刃月。皎镜里、怕添双鬓雪。

蒙松雨，最相思。

谁怜十指悲弦意，望君接我与同归。

看鸿飞，烟暮处，似伤离。

雪梅香·盼重逢

望烟塞，千山为我敛愁眉。
一川风平后，恰当暮雨晴时。
遥看陌头夕烟里，有人鞭马促耕犁。
嗟飞燕，不厌分泥，兀自偎依。

窗前蹙然立，瞥目还私语，说伤离。
飞念萦回，更魂意付凭谁。
且向苍天叹长别，抱持新月寄相思。
凝妆少女盼重逢，恨转来迟。

金错刀·与姝涵姐随师出游

古渡头，水云舟，长河飞浪急争流。
又征塞上西州路，山野孤村两对愁。
言未尽，共欢休，相寻好景故从游。
姐儿随伴频猜妒，云鬓倾斜转冷眸。

鹧鸪天·又伤别离

杨柳枝上看野蚕，近来频把素丝添。
此时莫笑山蚕缚，人比山蚕缚更严。
芦苇荡，夕阳潭，凝眸望断暮烟岚。
我迁西海君东去，隐忍愁情两不堪。

雪梅香·无月可寄相思

问宵魄，迟迟未见露容华。
应迁居仙宇，苍凉不隔窗纱。
孤夜梦魂走奔惯，远眸何处是君家？
那须说，瞭望他方，转睇天涯。

轻霞，几千里，恰若愁烟，对夕阳斜。
怕此凝寒，更无色代春芽。
多少相思似梅雪，乱风吹散又开花。
梳妆起，抿嘴攒眉，重抱琵琶。

七古歌行·塞上长叹

我来探友城南隅，茫茫车尘暮烟里。
未及与君谈旧忆，君已登陟觅仙履。
红尘何处不相逢，最愀悲者别已已。
无肠可断诚可恨，人天俱冷两萧瑟。
况我本为辽宁人，师友亲朋咸于此。
七岁春光过隙驹，患苦艰辛备尝矣。
年年言归冬月中，因常弄妆冬月始。
可惜受学犹未尽，思乡每每泛东指。
子美诗文以醉传，更以贫酸传其泪。
世间善泣自有人，小汐之泪何言异？
一醉千愁杯底销，聊以穷同故叙意。
竖子当今成名易，名杰用武无寸地。
当年拜师至海西，勠力攻书习典术。
学海无涯才辈出，谁见俊良沦坠否？
偶遇俊良又重违，似真似假似梦寐。
归来稍安复转去，唯聊尔尔好角戏。
文社无端风浪起，两载心血险拆毁。
南北忽而布阵云，在游龙鱼跳沸水。
有志成败堪足论，远业断非凭空致。
圣贤善泣且善叹，叹声泣声不相废。
我哭之余醉方宜，醒后依然能进事。
同龄女子谁如我？何人效作古狂类？
噫吁哉！
小汐乃以狂得之，妙出丽语与逸字；
礼法之中置全身，酒杯之外思萍寄。

鹧鸪天·离人归

倚窗凝望对霜槐，忆为往昔我师栽。
何由心底云千片，一会飞离又转来。
风吹雪，卷寒埃，扑翻烟霰落庭台。
忽听门外归人语，万种愁眉自展开。

金错刀·围炉读书有怀思

霜条影，对高云，寒芽初发似微醺。
毡炉煮酒花边饮，明月摇枝更照人。
风乱卷，雪交纷，窗前轻翠一盆新。
根须不解凌冬苦，未识其中别有春。

雪梅香·时雨迎春

怎堪说，穷天已老尚犹信。
此情难屏去，倚窗望断孤云。
初发一枝似新雪，更撩离绪任纷纷。
痴心切，几转愁肠，偏向斜曛。
听闻，想时雨，拂撤残寒，隐没霜痕。
且看层峦，趁风孕育清芬。
家燕无踪野泥滑，漫山烟影正骑春。
除妆泪，应有思怀，分外销魂。

最高楼·闻书作版刻荣登湖北慈慧寺山门

天晴了，天意也崇高，舒泰且含娇。

绿肥红瘦何须觅，笔端流彩自勾描。

舞绡衣，香玉地，一何遥。

如小愈、展眉犹感切。

问小我、何缘心向佛，言不尽，咏诗谣。

长祈暖吹无停息，万千朱紫涌春潮。

却情忱，俄尔笑，别愁消。

春雪间早梅·今日又寻思

梅花落绿池，玉絮漫退化春泥。

不见消疏瑶娥影，如初婉婉似新诗。

辽河冰容未解，朔漠艳雪纷飞。

临镜颦眉黛，茫然念念时。

思君故画怀梦草，长过白藤枝。

烟火连天凄丽，孤城暮夜，远际众星低。

唯悲多日宵寐短，犹恨浪子返归迟。

凭槛愁翻片雨，迎风恼却鹃啼，闲情何处说。

为君缝织鹿霓衣，泪痕灭尽生霜缕，心头是乱丝。

满江红·上元节感怀

一脉阳吹，初破冻、溶消残雪。

倚栏看、云山漫漫，横蒸烟霓。

草与春风长较竞，夜来寒雁吟愁绝。

盼念着、兀自想伊人，伤离别。

思寻了，烦怨结。

何堪说，言空竭。

早晚弄妆奁，泪断眉睫。

与尔相邀明镜里，千城不隔同乘月。

情更生、教爱恨相宜，悲真切。

最高楼·伤春词（一）

春来到，春野起烟氛，飞雨若珠痕。

一窗曛暮斜曦暖，绿肥红瘦映轻尘。

又相思，何处说，两眉颦。

千千结、钩连天上月。

闻啼血、伤心难了绝。

看飘絮，似愁云。

匆匆越过翩旋去，依乘风绪别成因。

易销魂，些许恨，是离人。

最高楼·伤春词（二）

催花雨，催乱草千丛，夜夜洗东风。

怀人园角蹒跚处，细听鹃血尚啼红。

应堪怜，离梦同，待重逢。

杨柳陌、凄凉何许说。

塞上曲、弦歌吟作别。

春难住，意无穷。

相思不解眉尖语，时而笑靥复愁容。

长徘徊，频侧伫，月明中。

金错刀·春日又寻思

坝上柳，舞娑婆，埃埃尘雾蔽嵯峨。

倚门北望连翘首，篱陌遥瞻意若何？

天际处，看云波，春宵一度一飞梭。

丝丝愁缕难弹去，窗角偏偏夕照多。

鹧鸪天·惜别离

村头依依饯分离，恰逢家燕复迁回。
双开玉翦弄春影，绿树丛中并翼飞。
归来去，几浮移，天涯一半似愁悲。
别肠默念相思子，凄婉如同杨柳枝。

雪梅香·甲辰清明前访蔡文姬墓

灞河畔，烟松绿水向疏林。
探春春无主，看斜日暮沉沉。
凉影横吹岭头月，峪中香冷刺槐阴。
何堪说，却是思量，那得知音。
援琴，别愁起，掩袂摧弦，乱了芳心。
何处相寻，且私地更须斟。
莫道丘陵景光好，昨宵孤枕梦痕深。
涔涔泪，几许伤离，密密森森。

鹧鸪天·读先生七古《过湟中》有怀

窣窣环佩脆玲珑，杨花凄戚绿成丛。
采来一把相思豆，交予三春寄雁鸿。
君莫问，更匆匆，时光不驻少年红。
妖魔半日妆新鬼，暗夜宵人妒柳风。

江城子·伤春怨

一江空锁紫萝烟，落花寒，小庭前。
细雨斜挑，遥隔碧云天。
对岸柳黄条缕短，风向晚，夕阳残。
绿松窗外望春山，看层峦，十三鬟。
听惯杜鹃，两处应相怜，何奈万般思慕意。
愁蹙蹙，在眉间。

新雁过妆楼·暮春有怀

风暖莺飞，行春处、以落蕊作行衣。
岁月易逝，叹绮梦似当时。
袅袅纤腰流鬓影，韶华二九发初齐。
怕清吹、又烦夜雨，乱拂空帷。
看云窗浮雪色，别肠千万结，倒挂杨枝。
絮絮低语，平添入女郎诗。
凭栏犹恨将离，更迟暮含情有所思。
谁知道，一朝烟愁起，心如抽丝。

雪梅香·与师姐游青海湖抒怀

恨花落，闺窗听雨拂黄梢。
旧愁还如许，扣弦为辟空寥。
唯把孤琴奏离曲，暮春回首草萧萧。
泪凝睫，怎不思量，一别何遥。
今宵，晚吹起，倚枕无眠，暗自怊怊。
我怕风镰，破折绿翠千条。
将此绵绵万重意，付诸青海昼朝潮。
长相忆，念念谁知，心绪难消。

七绝·正月二十七回村遇丧事有感

一

丘垄萧凉子予归，陌头哀吁露华晞。
哭声炸破烟空碧，霜带罗衫映孝衣。

二

生前父子似成仇，何苦深恩死后酬。
未必黄泉能一饱，仍然争供老猪头。

七绝·叹表姐除夕未归

怀才闯荡愿成空，还望乡家意怅忡。
跨岁锦衣归未得，谁人好运遇名公。

七绝·邻家婚礼见闻

一

翠钿不悭财帑销，眈眈帐下小蛮腰。
何干珍膳尽抛弃，冷债难挠买阿娇。

二

海誓山盟许愿忙，聘金百万也平常。
三村十里花腔鼓，犹哭而今拜物娘。

五绝·正月初四闻君欲转回

东北望西北，阴云一片横。
君休离转去，转去总无晴。

七绝·春到药山

暖风吹绿药山眉，丝雨酥融料峭枝。
春意决然探去路，一江烟水弄涟漪。

七绝·春日即景

一夜花殇应断肠，清风遍采试春妆。
雨如红泪洗残魄，旭日裁来作霓裳。

七律·桂林春夜

一道残阳临水斜，海涯摇影接山崖。
冬随寒浅转曛暖，春到人家传艳花。
绿紫茏葱欺晚照，氤氲香泥沁丹霞。
鬓烟倚槛迎风笑，细雨还来敲碧纱。

七律·初七抵达海西抒怀

海西风冷吹空阔，镜水连天尽白沙。
落日村墟惊雪野，暮云榆柳卧寒鸦。
千般寂寞伤离事，万种寥萧悲物华。
往昔韶光今不在，回睛烟塞已无家。

七绝·辞别父母赴海西前一日

帘卷东风春意藏，亲朋邀宴劝飞觞。
临行又有赏花约，更觉杯杯别恨长。

七古·于德令哈有怀

窗前炉炷散烟寒，瓶供斜枝犹可叹。
馥郁嫣香熏画室，兰闺岑寂更零残。
多情为我将离恨，魂意长怀明月盘。
风绪卷帘何许说，春心能听不能弹。

鹧鸪天·旅次拉卜楞寺有感

驱车万里向天涯，故山相望暗伤嗟。
时如飞毂无回轨，人若烟鸿不落家。
追斜日，转重霞，山楼月色自清华。
绿红一片嫣然里，独爱丛中并蒂花。

雪梅香·又伤别离

共斟酌，花和月影更依人。
怎将愁归去，偏娇绿一枝新。
回首天涯暮春尽，不堪遥念故山春。
情千结，怅触回肠，怨乱三分。
斜曛，似微醉。
相对无言，唯有凝魂。
双泪先弹，叹悲绪两纷纷。
何忍匆匆话离别，别时挥泪愈伤神。
重逢否？只是双眉，脉脉含颦。

金错刀·青海湖寄意

一

花底月，镜中天，杨枝斜影妆台前。
轻梳慢拢盘云发，颦蹙低眉拾翠钿。
临话别，雨绵绵，东风吹尽落红寒。
一丝愁魄如春水，两处情思最可怜。

二

三千水，挽烟霞，年年流荡向天涯。
双眸日日重磨洗，遥看鸂鶒戏浪花。
孤雁远，过平沙，潮头似雪向西斜。
江湖放意驰奔惯，四海何方是故家？

新雁过妆楼·塞上离歌

酥雨如烟。
三千里、暖风一扫余寒。
碧江水涨，万丈白浪腾翻。
塞上寥萧中夜冷，月轮尚欠二分圆。
落花前，有人独立，望断群山。
残妆空消粉腻，怎堪频对镜，只怕摧颜。
素情未了，须是好梦难全。
时而试写怨句，更写尽春愁几百篇。
知多少，点点相思泪，如今依然。

台启坤

台启坤，毕业于青岛大学师范学院中文系。作品散见于《青岛大学师范学院报》《青岛日报》《青岛晚报》《星星》。

七绝·静夜思

宴罢清风半倚楼，一帘夜色暗凝眸。
何人手挽中天月，射向人间万里愁。

七绝·西安逢李兄感题

兄趋巴蜀弟逐东，异路迢遥久未逢。
适会长安同鹤发，一如并蒂两白蓬。

七绝·子夜偶题

万里漂泊不自哀，唯怜子夜久徘徊。
帘开只道风悄入，却共他乡明月来。

七律·呼伦贝尔行吟

谁移碧海到高原，草色扶摇上九天。
绿岭层层如涌浪，白云列列似扬帆。
行多旱路思泗渡，看惯浮生欲涅槃。
久困樊笼忽解放，一朝纵马远尘烟。

七律·空巢

时光似箭苦相催，故地茅檐几梦回。
梁燕空巢存旧影，高堂鹤发映余晖。
情非得已近犹远，力不从心是亦非。
只愿春来衔百草，新巢再筑带啼归。

七绝·归心

廿载江湖醉梦行，何堪酒醒对孤灯。
归心总似窗前月，每到深宵分外明。

七绝·月下行吟

寒风不念远行人，客路舟车处处侵。
明月犹怜相眷顾，清辉一路代披衾。

七绝·落叶有寄

绿满枝头未见蹊，枯黄委地竞相题。
世人俱好争当下，多少功名身后泥。

七律·归故里

阔别故里几十春，鬓染秋霜觅旧门。
薄暮轻烟常入梦，苍颜鹤发总牵魂。
门前犹见当年柳，巷口不识后辈人。
岁月匆匆催客老，唯独不老少年心。

七律·风铃吟

谁将心事挂飞檐，探雨听风未计年。
雾锁兰闺花有泪，云隔雁信夜无眠。
红绡玉带空空舞，宝马香车寂寂喧。
一曲清音魂梦里，伊人几度误凭栏。

七律·梦

忽成野老复归田，日上三竿自在眠。
漫数前庭花绽谢，闲观子夜月缺圆。
抽身事外心尤顺，放意书中境自安。
鬓里银丝权当雪，前尘似梦任阑珊。

七律·缘

红尘聚散尽由缘，画扇悲风动客颜。
短陌长亭痕故影，轻颦浅笑迹流年。
庄周有意蝶出梦，锦瑟无声指入弦。
沧海巫山空断目，如诗如画亦如烟。

七律·与友书

时光似水指间流，漫上眉心多少秋。
未释红尘咸淡事，难消醉梦古今愁。
一时顺势立当立，万事随心休便休。
君看繁花开落处，蜂蝶纵意去和留。

清依

清依，本名赖丽燕。广东惠州人。中华诗词学会会员。

清平乐·夏莲

风和丽日，丽水依天碧。
彼岸柳丝葱翠滴，绿树青山一色。
此时又结愁怀，似思远旧前来。
急出腮红两朵，更像年少无猜。

七绝·月色荷塘

凉风吹动绿罗伞，月色蛙声一片欢。
折得青蓬收藕子，枇杷树下拭香汗。

七绝·鸢尾花

细雨萧萧摧艳葩，万条斜线对空划。
依稀一瓣愁红落，恰似窗前鸢尾花。

一剪梅·深秋

篱菊临风着冷霜，扶上晴窗，如卸残妆。
此时天气渐寒凉，夜半山吹，处处苍黄。
寂寞暮光一线长，雾兴云涌，旅雁连行。
梅花沾露向迟阳，斜入西墙，愁断人肠。

行香子·又悲秋

又是金秋，净洗铅华。

短窗闲倚看梅花。

妆楼梳毕，又抱琵琶。

怅思成灾，愁成雨，泪成花。

自从别后，怀忧如故，

几番回盼付流霞。

双凫一雁，忆念多些。

夜月无痕，梦无凭，水无涯。

满江红·秋来伤

落叶知秋，簌簌下，飞红片片。

忆往事、萦愁盘结，如烟如幻。

看惯长江东逝去，闻听风急惊斜雁。

叹过往、似雾雨江南，颇迷漫。

谁共我，歌霜晚。凉夜说，空悲扇。

伤桑榆暮景，斗移星转。

楼外一丝曛夕影，荒郊四野残英乱。

断霞尽、兀自有新愁，量长短。

临江仙·新梦依旧

细雨如丝蒙蒙下，桃花依旧精神。

清风柔弱拂纤云。景熙难返覆，燕去不由春。

犹记昨夜频辗转，梦中些许伤魂。

至今仍怕说离分，泪零两簌簌，枕上一啼痕。

相见欢 · 探梅

探梅偏雨蒙蒙。碧波中。
访密林寻幽境、看葱茏。
雪如纸、初写意，约春风。
笑把曲儿一弄、似离梦。

长相思 · 恋菊

忆菊乡。恋菊乡。
寒气秋来沁碧芳。残花落满窗。
色香香。艳香香。
一点清姿如玉霜。不经人苍凉。

七律 · 清明抒怀

天南地北话苍凉，坟上归来泪愈长。
喟叹人生如梦幻，诉陈前事竟神伤。
情天滴雨实堪泣，野地斜风更放狂。
早料清明多祭者，笛音何故哭田桑。

七律 · 梅迎春

烟雨蒙蒙育诡瑰，奇葩园里看花开。
问风何折新枝叶，听雨还摧枯木哀。
傲骨梅梢怜瘦雪，娇春点翠入凉台。
一帘沁透芬芳气，疑是花仙下界来。

七律·路见新婚迎春

春风阵阵身边去，入内园区朵朵香。
尽探林中依旧在，始观岩下继新装。
翠青叶子浓荫处，粉黛花儿耀眼藏。
不见佳人迎亲队，忽闻来客笑声扬！

七律·桃花依旧美

桃花美艳人皆爱，尽显林园馥郁丛。
往日谁家怜翠碧，今朝有客喜嫣红。
故人来去留身影，游子登临有岸风。
绝色迷情怡忘返，清风飞度伴春中。

七律·秋来五彩城

轻风吹起晴空散，片片金黄满地潮。
果味清新山野漫，菊香浓郁谷溪飘。
大江东去多奔放，小草南望几动摇。
远观秋来连五彩，乐叹丰盛节庆饶。

忆江南·夏日南岭美味

清心乐，
香气透人怀！
果子通红沿树挂，
叶儿鲜绿倚枝排。
南岭贵妃来。

忆江南·夏日西湖

风清爽，
金色水波流。
蝶恋花中青叶晃，
船游湖上暗香留。
佳景一望收。

忆江南·赛龙舟

人群笑，
端午赛龙舟。
天际湖光明似镜，
船头旗帜劲如虬。
欢鼓唱风流。

水晶

水晶，本名石英，女，黑龙江哈尔滨人。作品散见于《青海湖诗刊》《青海湖诗报》。

喝火令·新年

一夜东风阔，
千门淑气催。
小梅含雪舞朝晖。
楹上对联高挂，
檐畔五云飞。

紫陌轻车过，
青山客子回。
阖家须满酒三杯。
恰是灯红，
恰是喜开眉。
恰是鹊啼枝上，
共唱好春归。

鹧鸪天·第一晖

爆竹声传百里飞，浑如白昼起惊雷。
惊春不必千门鼓，望岁应须五夜杯。

频道喜，共开眉。屠苏杯底映红梅。
无人锦帐流苏挑，都盼新年第一晖！

蝶恋花·梅花结

酒罢携朋歌一阕。
欲唱梅花，恰上梅枝月。
疏影横斜真妙绝，
暗香莫笑才情缺。
手捧轻红心欲说，
同是痴痴，好慕红鹦舌。
来日却愁风雪冽，
关心只在梅花结。

洞仙歌·云衣

瑶台悄下，趁垂帘月色。
飘落红尘万花侧。
绕琼楼珠阁、流雪回风，
还舞起、梦里春绡千尺。
银河无限远，浩渺长空，
缥缈佳人再难得。
醉乘白凤、笑指青山，
频唤起、伊谁横笛。
莫更问，今番觅知音，
只一舞霓裳、便教长忆。

蔡竣杰

蔡竣杰，本名蔡黎杰，厦门市湖里区作家协会会员。作品多次在国家级刊物发表并获奖。

读史书《长津湖》感赋

邦畿外衅险凶多，将士飞江护界河。
不负青春抛热血，无惭岁月咏高歌。
万家灯火中华绣，千里乡关盛世和。
蹈难赴危何所惧？驱狼逐鬼铸金戈！

七绝·读经有悟

水镜无形山有影，月灯自像谷回音。
悲欢不尽因离合，且听清风松下吟。

饶宗颐大师书画展有感

万境当机运笔端，斯文绝学尽挥翰。
大千抱朴见般若，留得清新作慧观。

七绝·纪念先祖蔡襄访洛阳桥

梦探洛阳寻古津，丰碑巍峨镇南闽。
遥追远祖历艰处，未到伤时泪满巾。

钟云健

钟云健，爱好诗词。

桂枝香·夜阑一曲东风破

离愁吟醉，对酒诉风琴，春去如洗。
枝上楼头旧雨，似曾相识。
夜阑一曲东风破，任凭弹，如数芳菲。
远山千念，相思一阕，孤澹难寄。
缱绻里，斟杯别意。
也难胜韶华，寥廓天咫。
掐指灵犀，老了一池秋水。
晨妆望断天涯路，半山黄昏落花砌。
月琴和梦，依稀凭听，不关悲喜。

玉楼春·莫是风情留不住

莫是风情留不住，水月镜花溪畔雾。
春心尘海酒中吟，踏遍青山花不遇。
世外千帆柔指数，沙白岸头孤雁渚。
承蒙怜爱正春风，梦见桃花心底处。

七绝·观友丹青山里人家图随感

山墅林庐云雾下，溪桥丽水逐烟霞。
觞杯对酌门前柳，炉火烹煎新月茶。

蝶恋花·甲辰清明感怀

杨柳悠悠，翠鸟声声细。
千树万花皆不是，
伤心更把春风替。
此去天堂邻近否。
孤雁依依，最是清明祭。
多少情思言欲止，
萦怀化作相思意。

西江月·答贵友诗邀陈氏宗祠落成随吟

肇建宗祠孝谨，以承先祖恩光。
源渊舜帝世名藏，妫水家声荣尚。
五鼎元从造化，千年方喜丰康。
营为胜地此昭彰，厚泽子孙瞻仰。

五律·春山雾色重

春山雾色重，花俏暗香浓。
碧野深深绿，磐石浅浅红。
风烟徐向北，溪水缓流东。
妙处人家店，云桥翠鸟逢。

七律·北方瓷都吟怀

桑干河上清风引，云漠城头主客逢。
良夜问呼君贵干，幽人寡和复征梦。
朔州自古精陶冶，北斗余闲传信鸿。
宁弃酒钱千百万，得之瓷器二三盅。

七绝·咏梅

凛寒圆就郁清香，冷月垂成妍冶妆。
浥露冰消盈凤野，红梅韵胜锦归藏。

七绝·古镇春风良伴行

古镇春风良伴行，溪桥姿色客舟横。
青石碧瓦匆匆过，风月沉钩史上名。

七绝·甲辰春月故友小酌抒怀

月下春风夜色垂，杯中陈酒嫣香时。
余言不尽星河照，山水如藏连理枝。

莺啼序·甲辰端午忆屈子抒怀

千年史诗旷典，以离骚俊伟。后来者，学富盈盈，别却屈子谁矣。尚丰有，修身正气，廉贞不侈儒臣启。显怀生才志，星津月霁堪抵。

爱国声光，炳烁映耀，照今人古迹。宛如是，乾道江泉，润滋怀土云瑞。炙灵丹，书刀木刻，著学说，余醒天地。守江山，恪尽忠贞，义宗坚垒。

人文地理，贯澈融通，恢博典册里。硕果磊，楚辞章句，洞悉人神，九思东君，郁怀庶几。宏深义海，高山牙笋，谆谆临事长天远，诲人情，不倦江河止。涓流翰墨，丹心艳溢锱毫，沥胆亢志明达。

鞠躬尽瘁，不枉初终，叹厉声厌忌。布美政，凝严纲纪。内举贤能，法度修明，苦怀良理。云江丽唱，金宵银夜，笙箫酒乐频误国。信言兮，心土怀桃李。惜情断汨罗江，一世英明，倚风而逝。

陈兰卉

陈兰卉，陕西镇安人，毕业于陕西师范大学中文系，中学语文高级教师。退休后，乐享夕阳生活，闲暇时徜徉于山水间，创作一些应景应答之作，并歌颂新时代的美好生活。

小城晚照

夕阳西下夜幕降，仰望玉楼耸云霄。
路灯闪烁似珠琏，亭阁辉煌堆金宝。
光芒四射如钻石，红光璀璨是玛瑙。
赤橙黄绿青蓝紫，霓虹美幻小城娇。

镇安山城美

山城又添新景观，开元酒店耸云端。
举手摩天揽日月，俯瞰星汉落九天。
西观三阶飞流瀑，东望秘境金台山。
门对廊桥卧清波，回廊宛转玉栏杆。
楼台亭阁桥上坐，飞檐翘角相勾连。
夜幕降临灯光灿，流光溢彩迷人眼。
青山为伴水作邻，如诗如画美镇安。

陈广琪

陈广琪，翻译家，译著有《这就是生物》《日常伦理学》《麦肯锡战略思考术》《家门未上锁》等三十余部。

长相思·送别

山更悠，海更幽。
千里辞卿怎道愁？
同听静水流。
欲言羞，欲行休。
苦影孤形堪冷秋，
月来空倚楼。

如梦令·思乡

独坐窗前听雨，浅唱悠悠新曲。
萧瑟朔风吹，满地淋漓残绿。
期许，期许，梦见新春归旅。

如梦令·回家

一路迷茫烟雨，多少思乡愁绪。
踏上返途车，却是满心犹豫。
忧虑，忧虑，转眼又迎别旅。

杜天锡

杜天锡，诗人，书法家，浙江省老年书画研究会会员。诗词、书法作品多次在各类比赛中获奖，有作品被举办单位收藏。

七绝·三伏

暑气蒸腾求雨下，闲云染画午风惊。
流泉飞白佳音送，远岫青青蔽日倾。

七绝·七月西溪

雨霁风凉绿泛淫，枝头蝉叫闹人心。
荷池翠盖含羞色，茅屋瑶琴带醉吟。

七绝·平安

三餐梅雨煮洪水，泥石乱炖尝苦寒。
天降神兵排险阻，晓开正气化平安。

七律·杭州楼外楼

门对碧湖迷秀色，背依印社映山红。
鲩鱼饭馆熘酸美，西子虾仁醉酒盅。
苏轼月明歌赋亮，于谦堤岸颂诗融。
百年老店甲天下，名震全球人赞雄。

刘哲侬

刘哲侬，笔名小草。作品见于海西文学网。

秋光好

莫道秋来悲寂寥，枫红桂馥各争娇。
登高纵目情怀逸，吟与青霄雁阵遥。

参观樟林价批馆有句

恶浪向天腾，西风断雁声。
村头月灰暗，眼底泪凄清。
一纸他乡事，千言客梦情。
苍灵花绽放，两地日同明。

游潮州湘子桥

千古传奇逸事遥，青霄独宠一名桥。
梭船开合江心锁，楼阁清明灯影摇。
岸旁榕荫梳碧水，虹留古韵话今朝。
扣弦犹看风云涌，移棹春江泛满潮。

临江仙·垂丝海棠

遮面垂丝尤物似，娇姿袅袅怜人。
艳妆一展粲然新。看渠桃杏，自愧失精神。
一瓣香魂随我去，多情缱绻晨昏。
夜观玉镜昼迎曛。天长地久，心寄在于君。

于清文

于清文,男,吉林松原人,中国共产党党员,大学本科学历,副教授。作品散见于今日头条、海西文学网、《青海湖诗报》、《青海湖诗刊》。

七律·春景

春风拂面意融融,绿柳垂丝映碧空。
花绽枝头添锦绣,莺啼燕语韵无穷。
山川展画谱新曲,岁月如歌赋雅风。
且把忧愁抛却去,人间何处不春红。

五律·暮春

谷雨几天休,繁华满地游。
桃花飞作泪,柳絮化为愁。
日暮苍山远,天晴蓝海优。
晚来风更急,吹得一池稠。

七律·雾里看花

薄雾如纱掩面来，烟霞深处有花开。
香飘野径蝶闲舞，影落空阶风自裁。
人说拨云能见日，我言听雨莫登台。
繁华若梦非虚景，已在诗中一角栽。

七律·寻春

青山绿水载扁舟，独倚高楼思远游。
柳絮飘飞三月暮，桃花散落一春愁。
莺啼燕舞迷人醉，日暖风和拂面柔。
但愿年年花似锦，寻芳何处不风流。

李明均

李明均，男，内蒙古兴安盟诗词学会会员，爱好诗词、歌词写作。

七绝·春雪润早

雪舞边山春岭寒，晶花繁树惹人欢。
枯原暗喜潮风早，丰野新晴笑夕残。

七绝·秋景

山楼直面对江楼，远望晴空已老秋。
一树残花飘落地，枝头麻雀更啁啾。

七绝·咏丰收

又是秋娘送雨凉，吟诗作画度宵长。
早知村野丰收甚，不让华胥出故乡。

七绝·凉夜

雨后寒村夜色凉，玉轮垦岭暗思乡。
孤心常恨边山远，独唱情诗醉月光。

李明冰

李明冰，内蒙古自治区巴彦淖尔市杭锦后旗人，中学高级教师。中华诗词学会会员，内蒙古自治区诗词学会会员，巴彦淖尔市诗词学会副秘书长、网络部部长、网刊执行主编。

七绝·茉莉花

既没书房兰草雅，
还无国色牡丹容。
缘何老少皆欢喜？
香比群葩十倍浓。

洞仙歌·夏雨

伏中愁客，尽省茶裁饭。
一地阴凉亦摇扇。
望辽空、依旧头上无云，
云无影，他却不时仰看。
想也休去想，东海龙头，
力壮身高没人按。
正意冷肠绝、忽滚雷声，
才几刻、波涛横漫。
恁真心、寡少则挨批，
若过度、真心又成灾难。

七律·多次参加网络诗词大赛感吟

欲入山般朱槛门，
千番四处乱求人。
他如宝座无情帝，
我若苔阶有罪臣。
票数拜君捐票子，
金杯靠己舍金银。
空浮名下劳伤膝，
何及风烟望五津。

洞仙歌·立秋

北疆冷客，恨夏催秋返。
幸得多情暑君挽。
这红尘、凉热皆赖阴阳，
阴阳合，日日肝舒肠坦。
芬芳原野上，紫闹红嚣，
处处缤纷任凭看。
每当临佳境、怀渴知音，
却总是、知无音断。
恁无计、辽空望浮云，
又不料、云教一风吹散。

冰雪

冰雪，本名慈龙梅。女，汉族，爱好文学。作品散见于海西文学网、《青海湖诗报》、《青海湖诗刊》。

五律·听雨

舍下幽听雨，
闲庭慢品茶。
挥毫飞走兽，
把盏独吟花。
握手添豪气，
交谈友善家。
人生多苦乐，
诗酒趁年华。

七绝·小暑

小暑逢迎六月初，
熏风眷顾藕花湖。
蝉鸣悦耳神魂醉，
酷热加身精气无。

七绝·荷花

最慕人间六月荷，
清新素影似仙娥。
随他夏日三分烈，
依旧摇风千阕歌。

如梦令·村夏

啼鸟新荷杨柳，
蛙噪夏塘时候。
兴至赏娉婷，
一片绿肥红瘦。
灵秀，灵秀，
流水小桥依旧。

鹧鸪天·五月诗

五月春归夏统筹，
莺啼翠柳更轻柔。
鸣蛙处处催耕种，
布鸟声声不自由。
风给力，雨知休，
涂来画卷贯金秋。
新诗写在长安路，
美酒香飘得月楼。

潘郁灵

潘郁灵，女，福建福州人。中国民间文艺家协会会员，福州市台江区作家协会会员，大连理工大学等多所高校硕士生导师。出版译著《梅雨前后》《爱丽丝罪恶奇境》《晴日木屐》《地狱之花》《玻璃之锤》《女佣异闻》等四十余部。

相思令·端午梦

绿满庭，翠满情。
端午斜风烟雨轻，悄然丽日晴。
晨钟鸣，幽梦惊，
空剩南柯万片冰，红尘多冷清。

忆秦娥·冬日

寒风烈，满天飞舞银晶屑。
银晶屑，凉了颜面，痛心如裂。
重衣难暖愁难寐，无边山水离人泪。
离人泪，为谁惆怅，为谁心累？

如梦令·南京怀古

常慕金陵旧刻，今作堂前过客。
逝水卷沉沙，多少秦淮春色。
往者，来者，只剩一方清澈。

十六字令·听（三首）

听，漫踏红枫野鹿鸣。
独悲怆，刺骨冷秋清。

听，夤夜潇潇骤雨停。
依窗望，黄叶更飘零。

听，北雁声声唤故庭。
人难寐，对影更思卿。

十六字令·风（三首）

风，漫卷离离万里蓬。
如烟起，从此再难逢。

风，暑气习习若火蒸。
金不换，凉意曳孤灯。

风，变幻腾挪水汽升。
留不住，夫婿觅新蘅。

苏久拉铁

苏久拉铁，笔名苏铁，四川九龙人，大学文化，爱好文学。作品散见于部分文学刊物和网络平台。

七律·乘舟倚马

风徐翠竹冷寒愁，雨拂荷花凉若秋。
隐吏玩山期骑马，谪仙观海欲乘舟。
媚光且笑君衡选，景色任凭客尽游。
闲得此身何处乐，只求潇洒惬心悠。

七律·禅蛙

独守池塘荷叶丛，鼓声响彻碧霄中。
朝曦放眼乾坤阔，晚月开颜世界雄。
涤滤修禅经雪雨，潜心悟道历霜风。
恭迎暮霭闲廖寂，静候晨晖苦练功。

七律·蝉

蝉鸣音袅树中清，鸟鸣声洪疏影明。
展翅云山吹玉笛，飞身田野吸花英。
风前忙碌末春笑，月下休眠初夏惊。
翠柳枝条繁育壮，绿荫栈道衍滋生。

七律·荷花

翠柳千丝伴睡莲，荷花万朵笑苍天。

产池菡萏辉村野，出水芙蓉映寒田。

绿叶娑婆迎雪雨，青枝摇曳送云烟。

泥尘不染妍堤岸，妩媚多姿秀庙前。

西江月·沉醉山海

枫叶染红山顶，草花林海芬芳。

层峦叠嶂映清塘，碧水波涛流畅。

梦醉西楼月影，月光映照轩窗。

清风明月逸心肠，触动心弦荡漾。

沁园春·九龙风光

九龙风光，名扬天下，闻名五洲。

看青山绿水，萋萋芳草；岾山林海，涧水清流。

鸟雀长鸣，平湖鱼跃，万水千山景色幽。

赏风景，到九龙秘境，览景怡游。

高山湖泊清幽，江河荡漾，溪水曼柔。

望乡村僻野，沃田麦浪；青葱绿叶，沟壑溪流。

杨柳依依，小桥流水，万户千家金碧楼。

感恩党，致万民幸福，欢度春秋。

耿彪

耿彪，1988 年出生于河南永城，青年诗人。目前暂居江苏苏州，喜爱诗词创作。

五律·夜饮抒怀

兴起夜伊始，云天邀月明。
他时多俗务，现下偶澄清。
莫叹初心远，觥筹且尽情。
影单形做伴，诗酒纵残生。

五律·冬夜望远

夜深人不寐，天际一星垂。
征战多烦事，风狂且雨吹。
冬寒衫愈薄，乡远景尤悲。
当诉相思语，飞鸿可寄谁。

七律·自嘲

曾怀家国万年忧，终是清贫志未酬。
夜半披星星共去，晨初伴月月同留。
旱田一亩域疆阔，斩草无功仓廪休。
汗透征袍无尽日，且酌浊酒许清流。

黄美如

黄美如，女，毕业于江西师范大学汉语言文学专业，喜爱文学。江西省抚州市诗词学会会员，江西省抚州市宜黄县诗词楹联学会副会长兼秘书长。作品见于《青海湖诗报》。

琴

琴声绕指柔，缥缈似清流。
不问其中意，余音却在楼。

棋

五子棋盘黑白场，连珠巧布见真章。
乾坤未定风雷动，落下无忧飞梦翔。

书

书满黄金屋，墨香盈简篇。
诗风无韵叠，笔意有神全。
千载留芳草，万秋存慧泉。
欲听其妙处，只在不言传。

画

丹青景致笔端来，妙手回春细剪裁。
碧水清幽花烂漫，灵山秀丽鸟徘徊。
神工巧琢星云亮，鬼斧精修日月开。
欲问高人何地有，唯闻画匠在瑶台。

黄超贵

黄超贵，男，笔名黄梁梦。祖籍广东湛江，现居珠海。作品多登于网络平台。

五排·诗酒趁年华

华夏精英会，佳篇万众钦。
量宽增士气，名重振儒林。
地轴诗翁颂，天章墨客寻。
空中星着意，云外月开心。
且见奇才展，终须博学深。
比肩随觅句，携手报知音。
拾趣江山咏，舒怀格律吟。
若能逢友面，诗酒与君斟。

五排·赴君行

六月随君召，西风伴我行。
路中花寂寞，林内鸟纵横。
落日天边尽，黄云海上生。
鸡鸣终一别，蝉唱送千情。
惜己相思种，怀人几度萌。
且怜吾事业，犹感尔忠诚。
游子丹心乱，归家俗虑呈。
是非虽隐约，恩怨必分明。
数句含愁韵，今将赠爱卿。

七律·仲夏荷风

细雾依山润藕池，清波荷影若仙姿。
蝉声引舞观光蝶，鱼跃迎来览胜龟。
碧浪向阳金闪闪，微风吹柳叶离离。
当前秀水花香绕，夏日炎炎景不差。

一丛花·赏梅

回乡度节正年终。陪友入山峰。
春归日暖村民趣，小石途、柳戏东风。
凉亭靓影，青林如画，前路乐融融。
初阳散热竞香浓。疏影荡新红。
孤枝不怕凌霜冷，断桥边、傲雪芳容。
骚人指点，帝王留墨，娇态与仙同。

步月·春意

燕舞窗前，雁还荒野，叫蛙惊醒眠虫。
对联新贴，百姓兴无穷。
击钟鼓、神狮奋起，送玉兔、迎接金龙。
秧苗播、耕夫笑脸，田地展芳容。
匆匆。清露绕，老林万鸟笑，声动天公。
喜来春雨，桃树朵添红。
暗香荡、巡游粉蝶，杏李花、吟咏诗翁。
乡间处，山清水秀景重重。

李淑坚

李淑坚，女，笔名翩翩，祖籍广东广州。自由撰稿人。作品《七律》在第五届当代·诗仙杯全国诗词大赛中获线下专家点评金奖。

小重山·雨夜低吟

残夜初闻天鼓鸣。
九霄飞火裂、跳珠争。
一壶冻顶筑诗城。
芳韵舞、低咏和潇声。
旧日影双呈。
花红茵翠地、叙衷情。
霜飔泪送玉郎兄。
鸥去远、落寞半江生。

如梦令·一梦镜花

湿地吟风闲步。
醉蝶嫣然云舞。
兰月与君逢，
万种柔情眷注。
何故，何故，
一梦镜花夭遽。

音匠偶遇 · 赠乐宁伉俪

晓月蛾眉咏絮才，桃花玉色映香腮。
莺歌北岸醉杨柳，燕舞南庭戏绛台。
古有兰心诗腹裹，今闻蕙质采华开。
珠城音匠生红豆，凤曲流霞落挂杯。

七律 · 滞念

桃风柳浪绿墙围，北院寒巢紫燕归。
万缕青丝花信满，千愁白鬓暮年稀。
红笺破卷言无尽，翠管行云吐贝玑。
远目苍苍岑岭断，蒹葭舞影逝川违。

七绝 · 酣痴

庭前瘦影鬓云蓬，月下潺湲泪竹风。
浮梦九霄金马殿，西厢留醉与君同。

醉藕花 · 咏清照

名宋藕花凝凤彩，芳心醉月舞清词。
传杯举盏开筹令，酒虎风豪竞飒姿。

祖广

祖广，男，贵州威宁人，中学语文高级教师。贵州省诗词协会、毕节市诗词协会、威宁县诗词协会会员。作品散见于《青海湖诗刊》《青海湖诗报》。

五律·村居闲占

吾在云边住，春来陌上耕。
携壶邀旧友，与柳唤新莺。
烟雨村村景，山川处处情。
花开花落去，诗意自经营。

五律·黄昏偶得

苍穹融暮色，落日竟依偎。
吾等群星耀，歌吟一月来。
晚霞燃远景，诗意布窗台。
只管桑田事，生平亦快哉。

七律·自勉

历尽沧桑终不悔，性来犹可挽雕弓。
良宵常遇琴弹月，长路曾经雨挟风。
渴饮豪言虽有度，追寻至善总无穷。
平生恰似一江水，百转千回又向东。

七律·山巅即兴

已了心中数载思，山花笑问怎来迟？

一峰耸立人难解，众鸟相鸣我自知。

直把情怀融浩宇，也将绮梦入瑶池。

不言更在云端处，万丈红霞尽是诗。

菩萨蛮·农家小院赏梨花

谁家小院开如雪，

东风一夜花无缺。

何处置吾身，

推开二月春。

缠绵花里住，

不把花期误。

有鸟唱南枝，

东君又赋诗。

卜算子·癸卯年第一场雪即兴

旷野砺寒冬，

一夜听风诉。

晨起窗前看小村，

又忆芳尘路。

飘洒尽柔情，

酒后闲庭步。

等待明朝绽雪梅，

我在春天住。

行者

行者，本名王和平，祖籍安徽泾县，现居安徽宣城。安徽省书法家协会会员，宣城市政协书画院书画师。首届"爱国杯"海内外书法大奖赛获奖者。

五绝·母亲

年少且韬奋，言文则惜珍。
生平衣洁整，教我学作人。

七律·早春二月

人寰新岁然，佳绿染山川。
风冽拂茵野，青云伴雀鹃。
田畴平着远，嘉稼水晶涟。
景色怡栏励，康恬期有年。

五绝·咏荷

天资丽质尔，盈水仁芳姿。
淖中润仙骨，晶莹出淤怡。

五绝·咏菊

秋深寒露驻，川岭玉霜飞。
众色渐凋落，钦君独翠薇。

七绝·长亭

丝丝细雨且馨屏，
晨渺漫漫柳柳青。
风起一番兹有味，
依依送友长亭亭。

水调歌头·功夫在诗外

仍期韶华有，
持酒看青天。
未知天宇宫轩，
今夕是何年。
又至春风一度，
何不把春且住。
挥汗洒文田。
不畏征途险，
之计在春端。
此辗转，彻无寐。
岂嗟叹，不应有恨，
操戟励志再赓篇。
素尺笺函丹赤，
胸贮云霞襟远。
玉袂潜心钿。
筑梦序新典，
千里有婵娟。

刘伟

刘伟，男，笔名文韦，辽宁人，1964年出生。中国共产党党员。辽宁省作家协会会员，辽宁省散文家协会会员。作品散见于《诗刊》《鸭绿江》《读者》《中华诗词》《中华辞赋》《青海湖诗刊》。著有《文韦诗文集》《沙原散记》。

七律·塞北春韵

微风拂柳尽轻柔，水面银鹅对对游。
河跃青鲢追浪戏，林飞紫燕放歌喉。
蝶蜂花草欣然舞，场院家鸡自在悠。
翻地铁牛弹妙曲，频频招惹客回眸。

七律·夏游德力格尔草原

夏风拂拂柳丝扬，蛙鼓蝉鸣韵味长。
岁月沧桑花煮雨，草原翠绿果飘香。
天空飞鸟叽喳闹，地面游人拍照忙。
荷叶田田珠露舞，蜻蜓点水戏莲塘。

七律·咏夏花

繁华吐艳遍山乡，雨后娇妍妩媚长。
彩蝶纷飞枝上展，黄蜂采蜜蕊中忙。
馨香缕缕千丛醉，画境悠悠万朵芳。
淡泊平生名贵事，只图尽染好时光。

七律·立夏抒怀

送春迎夏艳阳天，满岭青纱入眼帘。
草荡树摇招盛世，机耕水灌盼丰年。
蜂飞蝶舞炊烟袅，蛙唱蝉鸣麦浪翻。
邀友郊游听鸟啼，烫壶老酒醉诗轩。

七绝·春柳

万紫千红景色娇，春光浪漫舞其腰。
湖边垂柳随风摆，恰似少女长发飘。

七绝·咏落花

一夜桃花撒满坡，春风吻树唱别歌。
纵使落尽成泥土，孕育明年画彩多。

潇水一束

潇水一束，男，湖南人。作品散见于海西文学网、《青海湖诗刊》。

七律·傍晚时光

落日余晖远际燃，诗情画意缀坤乾。
红霞水面飞白鹭，绿草楼前放纸鸢。
柳絮轻扬思起舞，双莲向晚欲休眠。
深林宿鸟择良树，夏浦鸣蛙唱大篇。

七律·夏韵

万翠绵延几树红，榴花璀璨耀双瞳。
朱颜喜气盈村野，笑口祥云挂九穹。
麦穗弯腰迎地主，莲荷翘首敬元公。
禾苗茁壮田畴旺，江水安澜坝库丰。

七律·初夏田园

碧空云淡晓风柔，瓦上炊烟若画旒。
紫燕欢心梁栋绕，新蝉醉享树丫啁。
溪流彼岸繁花艳，阡陌南边百果优。
麦垄金苞翻滚滚，田畴翠浪绿油油。

七律·走马南国

车轮一滚向天涯，走马南国探赏花。
双月湾中拥大海，小蛮腰顶揽云霞。
惠州山水西湖首，顺德乾坤祖庙爹。
欲写新诗留印迹，奈何学浅乱涂鸦。

鹧鸪天·潭州暴雨第三天

四水三湘雷震天，潭州巷陌浪蹁跹。
簧门举伞如风盖，道上行车似画船。
云密布，雨蛮缠，九苍何日艳阳悬。
公交地铁常班驾，百姓出门盼两全。

鹧鸪天·月下赏荷

月朗天高赐惠风，金波荡漾楚池中。
芙蕖万朵摇田亩，绿柳千条舞碧空。
香醉腑，色迷瞳，闲翁席地雅谈浓。
九天星拱清光美，四面蛙鸣菡萏红。

潘恩生

潘恩生，中国翰院作家协会名誉主席，中国诗词研究会会员。近年在数十种媒体刊物发表诗词专辑、作品上千篇（期），获全国文学和诗词大赛冠军等各类奖项三十多项。

七律·中元节有寄

秋日逢知械叶黄，中元时节念爹娘。
心头铭刻多陈事，腹内萦回九曲肠。
献祭焚香匍土地，问安捎信到天堂。
阴阳相隔万千道，留在人间苦海茫。

七律·忆父亲

少年才俊入师行，甘做园丁岁月长。
灌李浇桃培育苦，呕心沥血种栽忙。
辛勤一世受尊重，严厉终生好要强。
名利从来无与竞，光明磊落尽衷肠。

七律·忆母亲

自小生于贫困洼，嫁来北李苦撑家。
侍先育幼顶梁柱，种地储粮摘队花。
淳朴勤行乡里敬，善良好舍世人夸。
谁知累染沉疴去，从此伶仃子女娃。

七律·文友相知

翰墨深耕学圣贤，流波顾盼笑屏前。

青丝柔顺瀑倾泻，明目晶莹心挂牵。

纵论古今天下事，细评中外甲辰年。

诗词歌赋几多趣，韵律悠扬枕曲眠。

白雪·冬日念友

初冬季节，风乍起、吹凉月夜长空。

摇动树枝，金黄满地，严霜尽染梧桐。

望山峰，彩霞照、雾气朦胧。

驾云鹤、众仙来此，小聚广寒宫。

舟楫靠近岸边，江河瑟瑟，断桥东。

绕柱万千愁缕，孤独对莲蓬。

惆别久、杳无音信，一直盼相逢。

雪融梅放，心牵那片玫红。

陈法营

陈法营，男，1943年出生，字悟金，笔名洧霞，中华诗词学会会员。

五律·题黄山国画

云海岚波涌，青毫绘景宏。
奇峰神秀彩，壑谷瀑雷声。
迎客松招手，飞来石立擎。
画君琼玉笔，山水绝称名。

七律·大暑考勤

暑火煎蒸气沸笼，薪燃鏊釜烫肤红。
炎阳喷冒柏油泪，热浪熏腾水陆空。
何怕汗流锄柄滑，喜观禾旺陌田隆。
伏天炙烤勤和懒，五谷酬劳考尔工。

五律·石林奇观

天下奇观妙，林林柱笋栽。
溶岩生万象，怪石塑千瑰。
弩箭凌云矢，尖刀拔地埃。
神工开物异，美若赏仙台。

七绝·夜游香港留景

艇游银汉鹊飞虹，霓烂荆花暗了空。
星漫香江南海灿，明珠芒刺破天穹。

七律·小草颂

漫球居里海天涯，石壁岩峰可做家。
滩泊山峦根植网，荒戈土岭叶防沙。
夏枝菁翠秋蕴籽，冬雪枯残春茂芽。
嫩穗无妍牛马恋，乘风飘絮衍薇霞。

贺新郎·茶酒当歌

细雨银丝缕。鸟声稀、浣花沐叶，湿泥难步。
云雨垂帘闲无事，兴聚茶庄茗铺。约吟友、对歌谈赋。
野老金星声韵笑，外阴天、杯里漂云雾。文曲振，来诗趣。
满庭洋溢馨心语。叙茶酒、骚辞阮瑟，琼流觞注。
操德扶民神州盛，家国畅言今古。论英杰、幼安鹏举。
仙圣留声诗怀寄，酒润肠、日月长明路。倾玉液，衷情抒。

宋达元

宋达元，笔名寒塘鹤影。原籍山西宁武，就职于山西新华书店集团。中国楹联学会会员，晋中市楹联协会理事。多次在国内诗词大赛中获金奖、银奖、三等奖、优秀奖。作品散见于《青海湖诗报》《青海湖诗刊》《诗词世界》。

五绝·小暑

蝉噪温风至，阶前蟋蟀忙。
雄鹰向天宇，已见雨绵长。

七绝·咏梅

无惧严寒雪里红，冰容傲骨伴枯丛。
暗香不与群芳舞，留得青枝助柳风。

五律·癸卯大寒太原有记

黄经三百度，罕见雪花飘。
昨夜琼芳舞，今晨朔气撩。
明空晴日暖，枯叶老枝凋。
莫恋驱寒酒，庭前梅朵摇。

七绝·端午闲趣

粽子飘香五月头，榴花繁盛彩丝悠。
芳杯满溢雄黄酒，艾叶成签醉眼眸。

七律·冬至后

冬至才来三五天，风光已觉不同前。
晨初户外西风爽，正午阶前雪水绵。
熠熠银辉生陌野，翩翩闲鸟啭林边。
若非又挂消寒表，疑似春阳逐柳烟。

卜算子·甲辰夏至晨景有记

斗指午时来，晨雾凉风有。
昨日高温难耐天，隐到瑶台后。
山黛入苍烟，楼宇青烟守。
初见新蝉树上鸣，日羽南归又。

减字木兰花·初冬雾里

初冬雾里，冷气无形寒却起。
望处苍茫，都市山川尽掩藏。
鸟群飞掠，隐入楼丛烟里约。
何不登楼，菊酒诗怀忆旧游。

倪加杰

倪加杰，江苏盐城人，现居苏州市。作品散见于多个网媒或纸刊。

五绝·雪情

漫漫琼花落，皑皑踏雪声。
怜翁不知返，寻迹易回程。

七绝·水屋

梦幻天蓝六面通，开窗观景大洋风。
游鱼不识远方客，一夜无眠与浪同。

七绝·小草吟

奇枝怪叶露妆羞，花果如期日月酬。
随处安宁轻点缀，不争俗艳也风流。

七律·野马

天高地阔古原荒，壮美雄奇骋四方。
彩尾频摇才稳疾，华鬃飘逸欲飞翔。
百源觅食防狼豹，千匹迁居沐雨霜。
伯乐何时游识马，铁衔不再自由光。

相见欢·对菊

一壶清酒奇葩。

日西斜，窗外飞云移叶过寒鸦。

秋风紧，隐士信，对霜霞。

沉醉误将饮者当宾花。

西江月·杜鹃花（云雾山抒怀）

原始九盘林带，绵延十里香风。

清晨携露映霞红，醉了弥山仙众。

风起艳妆摇曳，漫涂多彩如虹。

怕熏知己易迷踪，伊独轻吟淡梦。

沁园春·我是一片云

蓝宇凝情，神州浪旅，我自卷舒。

看险峰碧水，雄奇九曲，幽星弯月，浩渺孤蜍。

丽日高悬，城乡鸟瞰，矗立高楼环绿株。

喜留影，画高山帽子，朝暮霞湖。

寂寥沙漠荒隅，疾风虐、炎寒生物殂。

引浮岚亿朵，飞驰汇集，甘霖万斛，润物欢娱。

雨后虹霓，彩桥飞架，俯视清溪钓小庐。

江河海，谢升腾博大，恩泽难书。

滕德和

滕德和，河北人，退休职工。秦皇岛市诗词学会会员。爱好诗词、音乐。

沁园春·金山寺

古寺驰名，
始慈善庵，已越千年。
矗镇尖岭右，钟村西侧。
背山面水，南渡江边。
别致风光，琼州一域。
媲美峨眉落九天。
金山寺，巧匠依峦建，威势宏观。
药师塔顶云端，
十三阁、层高叩海湾。
另天王宝殿，神炉烬满，
信香蜡炬，缕缕云烟。
两翼庭廊，僧音缭绕，
遍诵心经结善缘。
凭栏眺，似了红尘梦，恍若成仙。

西江月·柳絮

十里陌丝扬絮，满城路散飞花。
随风漫步向天涯，草莽沟渠歇马。
不惜余生珍贵，乱抛难得韶华。
无心筑梦植桑麻，辜负三春陪嫁。

陈晓芬

陈晓芬，本名陈小芬，中华楹联协会会员。作品《沁园春·长沙洲头咏怀》曾获厦门市老年诗词大赛一等奖。

七律·夏荷

水墨淋漓菡萏生，风摇碧绿拨弦鸣。
鱼翻波皱游船过，袖舞烟凝粉面迎。
韵染斜阳吟宛转，叶藏流水画清明。
参差绽放雍容立，总叫馨香心底萦。

七律·暮色

湖泛金波送夕归，高天流火少凌威。
楼攀老树疏红色，径惜横枝碎玉霏。
情逐芙蓉禅意静，心随苍鹭暮云飞。
桑榆濡染半天绚，自在风光有妙机。

满江红·黄山奇松

峭立多姿，生机盎，百般融汇。
岭越岭，虬枝清展，群峰漫指。
傲驻黔山钟毓秀，横悬广宇犹呈瑞。
不矫作，雨雪岂无情，千锤砺。

游人羡，诗家恣。铿锵赋，堪为记。
万殊皆俯仰，适然舒意。
客醉凌云透逦度，风吟豪气嶙峋起。
壮吾志，愿绝顶登攀，高天寄。

情系山水

情系山水，本名蔡忠成，广东汕头人。中华诗词学会会员。

七律·石榴树

此物祥和非一般，枝繁清净插供盘。
长吟庭下何曾寂，久坐宫前不怕寒。
雨里滋生浓绿绿，风中绽放艳丹丹。
花如火焰催炎热，等到秋凉百子团。

七律·荷蛙图

丹青墨彩画荷禅，几笔清波一个圆。
明月当空池碧映，凉风拂叶蕊香传。
堪留郁郁参差柳，欲点星星浩瀚天。
蛙鼓无声冬不走，临门送福室堂牵。

透碧霄·夏江岸

泛南天。沸腾云浪下江烟。
碧波映照，涛声依旧，引客舒颜。
鱼竿抛线、兰舟撒网，白鹭争先。
遇村姑、浣洗流川。
望曲堤东岸，蝉鸣炎热，鸟唱清妍。
惜晶莹卉草，芬芳风雨，谷熟九农牵。
果菜盈、鸡鹅满，陪伴苦夏蛙喧。
远离火日，多依水柳，平态安然。
赏升阳、观晚霞涟。
一季逍遥地，冲浪淘沙，梦逐婵娟。

黄宝权

黄宝权，本名黄保权。云南通海人，中国共产党党员。中国楹联协会会员。作品散见于《金融文学》《中华诗词》《九州诗词》《香港诗词》《中华楹联报》《云南日报》《滇联》。

七绝·诗酒趁年华

酒逢知己千杯少，诗咏故人几曲成。
莫叹枯荣如草木，应怜悦耳夜莺声。

七律·读书

余枕百城经雪霜，西山笔架气宏茫。
欲书赤壁龙蛇字，遥寄兰亭锦绣章。
女子风流留砚北，男儿光彩在锋芒。
光阴卌载云烟过，磨染归来授紫篁。

莺啼序·重游玉溪九龙池

重游泮池胜地，正寒泉初始。喜随遇、邂逅相逢，别绪海立山起。望柳岸、金风玉露，缥黄深浅纷纷坠。瞩岭头陌上，榭亭楼阁依庇。灿烂流星，白狗苍隙，似一挥弹指。卅年里、桂壁盈亏，冬来春去几易。觅萍踪、通幽曲径，细窥视，溪清苔洗。更难忘，求学渴饥，青春欢炽。

草民寒第，鲤跃龙门，揣多少梦寐？忆往昔、尖山留影，秀麓旰食，白塔宵衣，普应博艺。螺峰守望，春城读赋，闲居车里敲诗句。看人间、笑倚红偎翠。高丘望断，波澄沧海桑田，鲁阳挥戈争际。

今朝雅聚，鹤发童心，看校园苍翠。问凤醴、园丁安憩？莫道余霞，休议成败，闻鸡早起。轻舟博览，花棚寻异。到沙龙舞文弄墨，有粗茶，可养天年矣。但期日丽风和，鸟语花香，礼仪名世。

杨爱红

杨爱红，女，70后，湖南人，喜爱文学，钟情于格律诗词。作品散见于《中华诗词》《长青诗刊》《北方格律诗词》《诗词报》。

七绝·问月

灿与繁星拨云雾，
还将光影耀烟江。
不知有否存遗憾，
仍旧无缘向雨窗。

七律·江梅

欲赏梅花高下种，
春来和露泛湘江。
寒林错落明农院，
枝杪横陈照绿窗。
斗得清霜香暗暗，
添来逸韵蝶双双。
笔疏也拟书新句，
恐学先生徒鼓腔。

相见欢

长亭柳色千重。雨烟中。
最是撩人无度、晚来风。
花篱畔。画堤岸。两融融。
谁道今时去路、会相逢。

缪浩然

缪浩然，江苏射阳人，电力系统退休职员。文学爱好者，作品散见于部分网络平台。

七律·五月天

灿红榴火流光影，呈绿芙蓉碧草塘。
淮海金黄新麦熟，田畦银水插禾秧。
夏初东阁荷风起，时里赐觞梅雨常。
桨行龙舟河上竞，沃畴万亩届农忙。

七排·桑翁雅趣

平凡乡井闲居日，桑梓田园漫步时。
不肖议迷高禄位，有恒逢集菜瓜资。
暮年终极守庄静，混世斗罗书酒慈。
独酌游词云乱苑，双赢何竞布名驰。
力争文学秀筠阁，格律追求妙选辞。
天地良心须入眼，万缘可爱可成诗。

鹧鸪天·醉韵

琼浆玉液伴作诗，半分清醒半分痴。
醉醺蒙眬飘乎是，梦魇缭荣游客丝。
长夜慢，目茫凄，牡鸡鸣叫司晨曦。
残香余嗝推窗看，门外居然艳日姿。

刘国梁

刘国梁，陕西千阳人。著有个人文集《岁月拾韵》。

七绝·朝花暮想

一夜落花不忍看，无情岁月挫华年。
半生浮梦如烟露，风雨难催我淡然。

七绝·陋室杂感

风过草庐更劲吹，朝花最怕一斜晖。
青丝尽染人怀旧，思绪横飞似忘归。

七律·感时怀兴

雁过云山正弄晴，西风更送雁鸣声。
菊残烂败纷纷落，雨冻寒氛点点倾。
于世坦怀遵善行，在途名利自无争。
百思愁悴付流水，欲将诗翰寄后生。

七绝·归

谷田一片蛙声起，明月清风十里溪。
凄雨浇醒南华梦，昔时意望不堪提。

李保顺

李保顺,笔名三农野老,祖籍江苏宿迁,上海人。毕业于上海外国语大学法语系,先后就职于复旦大学、同济大学图书馆西文期刊部。翻译过外文诗、诗歌。

七绝·山雨

山雨霏霏隐石桥,小荷楚楚见人高。
清珠跳叶蛙声起,一水幽香玉骨摇。

七绝·游浙江长兴

夜宿农家不觉明,窗依山外鸟啼林。
风摇竹节青丝雨,一路山高烟水行。

七绝·入夏

入夏南风带晚凉,楼台望月好清黄。
壶天渔火沿江下,惊起一鸥飞错乡。

鹊桥仙·春情

情迷四月,梨园飞雪,满目桃花绽放。
时晴时雨春浓密,燕喃喃、风轻柳荡。
小湖日出,碧波烨烨,桥下锦鱼棒棒。
林家铺子茶香客,闻风来、艺人卖唱。

魏成厚

魏成厚，江苏淮安人，现居苏州，企业退休职工。作品散见于《中华辞赋》《青海湖诗刊》《青海湖诗报》《诗词选刊》。

七绝·赏梅

小院梅花昨夜开，闻香喜鹊踏枝来。
口衔春信越墙去，报与东风画景裁。

五律·小村傍晚

一雨银塘满，蛙声四处听。
松枝栖雪鹭，荷蕾立蜻蜓。
霞彩扶云舞，虹桥跨日行。
酒杯谁共醉，明月到闲庭。

七律·植树节随吟

佳树新栽碧水滨，十年成木绿茵茵。
春欣莺雀啭喉富，夏赏蝉虫耍嘴贫。
酷暑隐消幽翠箔，怡然收揽伏龙津。
闲来垂钓瑶天里，我与神仙谐比邻。

西江月·夏夜

庭外青溪蛙鼓，身旁碧树蝉鸣。
一壶浊酒对风清，皓月当空杯映。
点点萤光清媚，重重往事晶莹。
一帘幽梦正扬馨，却被蚊虫扎醒。

王仁爽

王仁爽，笔名红滟，辽宁人。作品散见于《解放军报》《国防报》《鸡西矿工报》《青年文学家》《青海湖诗报》。

七律·自咏

岁月无情任去留，衰颜白发又添愁。
曾经壮志凌云汉，今日闲身伴水流。
病骨支离空自叹，诗心寂寞向谁酬。
唯余笔下三千字，犹带当年意气遒。

七律·向应湖畔游玩

湖畔无风旭日圆，蝉鸣声彻柳丝悬。
纳凉翁媪亭中坐，避热孩童荫里边。
两岸云楼声不断，一堤烟树影相连。
舟车来去送归客，浮世匆匆又半年。

七律·赞君子兰

云霞灿漫映春光，绿意盎然烟月长。
三载轮回披翠锦，一心绽放展红妆。
雨声断续诗情妙，倩影流连画境芳。
愿伴此花开四季，人间何处不天堂。

鹧鸪天·别春有语

雨润亭前草色葱，夕阳圃上绽花红。
莺啼野树村烟渺，燕舞人家岸柳笼。
欢日暖，乐情融，游君览景赞新功。
聆听野曲心生喜，且向神君挽细风。

王超越

王超越，1976年出生，内蒙古人。中国散文诗学会、中华诗词学会、内蒙古自治区作家协会和诗词学会会员。作品散见于《诗刊》《诗词世界》。

五律·牧羊女

云舒连沃野，水静映毡房。
鸟戏三春梦，鞭挥五色光。
红裙携牧犬，碧草唤丝缰。
哪得罗衫景？犹看马背娘。

七律·书斋吟

雅颂弦歌趣自安，春秋笔墨写余欢。
怀人隔岸无情对，送客迎风有意观。
魏武眼前天下小，张松画里后坤宽。
三千旧事轻涵黛，几许闲愁怎述完？

七绝·七月西溪

雨霁风凉绿树荫，枝头蝉叫闹人心。
荷池翠盖含羞色，茅屋瑶琴带醉吟。

七律·贺杭州半墨堂周年庆

书画有缘投半墨，岁年有梦素笺清。
宣毫字字刚柔美，诗韵声声激动情。
妙手绘天山水秀，笔端接地赋词精。
艺坛又见新星亮，发奋争光境界明。

田锡生

无题（观云烟感）

问世间，道为何物？
直叫生死两茫茫。
爱恨情仇何时了，
思恩念怨心印心。
叹人身，心为何物？
修心亦即修吾身，
艾草悠悠示吾心。
沐时空，何所求？
春生秋收师梧桐，
夏长冬藏养道德。
人生如画图几何，
花草树木各自安。

五律·静夜思

花好月圆夜，几人愁断肠。
夜半蟋蟀声，咫尺不识君。
楼阁林立间，悠然一抹绿。
灯火两三只，不知何为忙。

武华鲲

武华鲲，笔名北溟之鱼，安徽合肥人，文学爱好者。作品散见于网络平台。

赋文·六朝秦晋论

六朝旧史，秦、晋故事，或有所议，虽有其理，不获厥真，终非确当。夷夏之辨，在礼而已；华夷之防，至重至大，甚于君臣之义远矣。苻坚身起氏族，而其服用一遵华制，是故不得以夷狄视之而妄加贬抑，宜崇正礼，归类中华；至于秦、晋淝水之役，所争正朔，务取统一而已。

予观苻坚之伐晋朝所行方略，今条其病有五：躬擐甲胄临阵试锋于军伍间，君涉险地，此其一也；八十万众利在速战急下，不尔则赀费巨而用功少，日月稽滞将致大困，国以覆亡，此其二也；大军所趣唯一淝水，欲决成功于一役，非策之长者，诚在侥幸，此其三也；国中匈奴、鲜卑、羯、羌诸族阴怀异志，图谋不轨，貌恭而心不服，怀德而不畏威，此其四也；北土幅裂鼎沸六十余载，境以初并，民未久安，人物凋敝，此其五也。自古圣帝明王，悉振长策，务收全功，居朝廷而坐授神策，拜将推毂，未闻有以至尊而临险地。

为苻坚计，务收全功，则当兵分三路：西据汉中，取剑阁，趣成都，席卷巴、蜀；中依南阳，掠江、汉，向荆州，吞噬楚境；东守彭城，扰江、淮，临寿春，震慑江南。东轻西重、东缓西急、东守西进，巴蜀、荆楚既收，大军缘江而下，则建康如瓮中之鳖，晋亡势在必然，跷足可待也。何必身冒矢石，试锋险地，争忿夙昔之间而邀成功于侥幸万一耶？！

后

记

以我一往情深，许你大爱之城

文 / 童小汐

　　一册《诗酒趁年华》在手，心似云卷云舒，意如花落花开，何等惬意美妙！而阅读体验之美好源自作品之美好。本书集萃海西文学网诸多优秀作者用心创作的诗文，通过他们的作品，我们亦能感受到作者心灵之美好，他们以充满悲悯的眼光看待世界，爱着一切值得爱的事物，皆是充满温情、怜悯、同情心的人，既有杜甫的柔情，也有佛陀的慈悲，仅为心灵滋养也值得一读。

　　在我们这个时代，文学，抑或具体至诗，对于大多数人而言是无意义的，在他们看来生活就是日复一日年复一年地重复，并无新鲜感可言，单调且无聊，有时候还会有无意义感的困惑。而作为一个真正的作家，抑或具体到一位真正的诗人，心中必然有一个重要的使命，就是要通过自己的观察，发现现实生活中一些令人不解的、恐慌以及荒诞的事象，用生动的描写和细致而巧妙的叙述将它们逐一表现出来，透过自己的作品，为读者带来深刻而新鲜的阅读体验，从而获取有益的经验，对抗现实生活中的不良现象对自身精神的腐蚀和钝化，让自己尽可能地有尊严地活着。

　　这也是我主编《诗酒趁年华》一书之初衷所在。而在此之前，我曾认真思忖过，我要编辑一本什么样的作品集呈现给我们的读者？最后为自己制定三项原则，即"美善之意""良法之言""长效之策"，缺其中之一绝不收录书中。此何谓也？美善之意——诗作具有理性和教养，能使人之情感美好丰富，具有光和热的性质，既温暖人心又照亮世界，予人之生活及内心产生积极影响，此类作品必收录之；良法之言——诗作追求典范性，不论从写作水平还是鉴赏能力上都能够为读者提供有效经验，既有技之精，亦不乏意之善，此类作品亦必收录之；长效之策——诗作追求生命力，包含长久之价值和持续稳定之性质，不论在何时何年，何世何代，其外在何种不良环境皆无法撼动、改变其优秀的品质，此类作品更必收录之。

我以为，凡优秀之文学必先是伟大之伦理现象和精神现象，必先意味着对人们淳朴而真挚的爱意，对现实生活的真诚和眷恋。海西文学网众多诗人，普遍来说都具有可贵的理想主义。谓之可贵，乃是理想主义相对现实主义而言是一种非常脆弱的价值观，极易遭到破坏；而要说建构，堪比西天取经、圣人布道，乃是苦之又苦、难之又难的事。因而我为海西文学网拥有许多具有理性主义的诗人感到庆幸和骄傲。

就历史视角而言，理想主义，即"经验主义"，这一概念往往被过度利用，造成话语枯竭，甚至耗损，从根本上严重削弱了其有效性和影响力。时至今日，所谓理想主义俨然成为"白日梦""画大饼"的代名词，反观"现实主义"于今大受追捧，被看成是对真实的追求。君不见，而今谁若把"理想主义"与诗歌关联起来，谁就会被当作现实中的傻子，是观念迂腐且不懂文学的愚人，就会被新时代的新潮文学和先锋主义者无情嘲笑。因为在彼姿态"超前"或"前卫"的解构主义之追捧者看来，所有的理想主义都有做作和不切实际的浮夸，是令人厌恶的道德说教，不值一提，甚至应该遭到打击和毁灭。

庆幸海西文学网诗人队伍中尚有胡萍、诗凝、盈子、牧童、詹坚兴、刘冰鉴、蔡竣杰、锁树坤、张彦桢等一大批优秀的诗人。至少我个人认为他们起码认同我的一些文学观，即文学之唯一天性便是具有理想主义色彩，文学乃是在困境和绝望，乃至在苦难中追求理想之高尚的事业，文学是力量和热情，是人类对生命的执着和信念。

确实，在这样的现实面前，文学更面临巨大而严峻的考验，它是否能度过人们普遍心灵和情感冰结的冬天，让而今仍然坚守真正的文学之芳草地的作者们也不自信了，不仅感到前所未有地迷茫，甚至文学创作的自信也受到严重挫伤，不少作家和诗人的自我认知以及价值观呈现出混乱而复杂的情形。

当交换价值和真理价值不可避免地碰撞，前者被人们视为真理，后者则被质疑，肉体的物欲成功上位成为人的本质，而人之为人的真正的本质却被悄然掩藏。

我不知别人内心作何思想，但于我，每时每刻因现世缺乏高尚之精神而痛苦，因现世缺乏崇高之道德而焦虑，这便是诗集《诗酒趁年华》得以出炉的初衷。

其实我大可不必如此悲观，因海西文学网搭桥，会集许多优秀诗人，令我深感安慰。《诗酒趁年华》之作者们，深知缺乏理想性和审美趣味的写作，会对读者造成思想毒害和遮蔽，他们的写作是以美好和善良作为内衬的写作，就像画家作画，总是以基本的美好思想作为底子，以这种底子作为能使人们精神得到收益的传导体。

因为作者们知道，文学艺术之力量，取决于作者的思想和精神内在性的东西。《诗酒趁年华》的作者，在写作中大多摆脱了对"物"和"欲"的迷恋，尽可能地发掘理想主义资源提及人性之光辉。亦因为他们深知，文学总根于理想和希望——如忧郁的契诃夫、冷厉的鲁迅、喜欢讽刺的果戈理、宣扬色空的《红楼梦》作者曹雪芹，通过他们的作品可见他们对自己所写的人物有着善念和爱意，有着对理想生活、美好人性、理想人格的隐喻性肯定和赞美，所以这些伟大的作家都是伟大的理想主义者。

在《诗酒趁年华》这本书里，大多数诗人的作品呈现的是不同角度和不同程度的理想主义，其中有的揭示生存缺乏意义性和目的性，也有的揭露人性的弱点，更有通过作品抨击阴暗，呼吁读者与一切堕落和腐败的东西保持距离甚至决裂。当然，诗人们更多还是以抒情的诗意描绘自己所向往的生活图景。总之，《诗酒趁年华》的诗人们普遍具有坚定的理想主义之特征。虽说他们的写作未必尽皆达到极高境界，但他们的写作经验或多或少都有一点儿启示性，追求方向感和道路感，追求形而上的价值指向，追求高尚之理想主义精神以及浪漫主义情怀。这也是《诗酒趁年华》大多数作者的愿望。

诗人们的内心总有一种改善现实生活的信心以及热情。诗人们致力于挤掉自身的不完美，努力帮助人们追求理想而美好的生活，因为他们相信光明，信仰光明，更相信世界早晚有一天会焕然一新。

文学之力量，就是笔下的文字能够触动读者的心灵，让读者有所畏惧，有所忌惮，激发人们对是与非本能之直觉，给予读者鼓舞和支持，最终获得希望。

《诗酒趁年华》的诗人们都是有抱负的作家，他们都深切地感悟到，无理想之光芒照亮世人，就不会有真正有力量的文学。因此，海西文学网禁止批量生产格调低下的文学作品，不跟风追流，力求以真经度人，培养更多有责任心、有良知、有担当的作家，并念兹在兹，勠力同心，躬体力行。

以我一往情深，许你大爱之城。善良和爱意，乃是一切文学和艺术于精神层面的重要特征。《诗酒趁年华》的作者非常在意自己的情感力度和态度，因为这最终决定自己作品所呈现的力量和价值。

让我们与无情和自私高傲地决裂！

让我们正常地爱值得爱的事物，爱值得去爱的人！

让我们崇拜真正值得崇拜的人！

让我们坚守爱的原则，在精神的废墟上种满大爱之花，结大爱之果！

当然，我们要实现这些愿望，无疑需要一个漫长而艰难的过程。但我们千万不能放弃，不能堕落，生而为人，必昂首屹立于世，梦想与精神，盖在于斯。

因为，如果人世间没有一个如此美好之所在，那么我们的作家就无法从容地写作，诗人就无法自由地吟唱！真正的文学来源于温柔而纯净的心灵，不屈而高贵。真正的文学必然与现实冲突摩荡！

白居易云："诗者，根情，苗言，花声，实义。"（《与元九书》）无情无义之徒，必然无文、无诗；而至性至情者，必然有至情至性之诗、之文。

以上浅见，仅为《诗酒趁年华》之作者们、读者们而作，勉乎也哉！慎乎也哉！

向海西文学网所有支持本书的作者致敬！

2024 年 8 月 25 日卧病笔于青海西宁